Rosemarie Klotzbach

Übersinnliche Kräfte in mir

Wie ich mit dieser Gabe mein Leben und das vieler Menschen veränderte

FSC
www.fsc.org
MIX
Papier aus verantwortungsvollen Quellen
Paper from responsible sources
FSC® C105338

Bibliografische Information der Deutschen Nationalbibliothek:

Die Deutsche Nationalbibliothek verzeichnet diese Publikation in der Deutschen Nationalbibliografie; detaillierte bibliografische Daten sind im Internet über http://dnb.dnb.de abrufbar.

Unter weiterer Mithilfe von: Gabriele Hillebrandt und Gerlind Haak

Herstellung und Verlag: BoD – Books on Demand, Norderstedt

ISBN: 978-3-7347-8286-2

Übersinnliche Kräfte in mir

Kapitel 1

„Bitte Omi, mach das Licht aus, damit ich schlafen kann."

„Aber Kind, das Licht ist aus, Du hast wohl geträumt."

„Nein, Omi, bitte mach das Licht aus."

Dann stand meine Oma auf, um zu sehen, ob ich Fieber hatte. Aber ich hatte kein Fieber und ich hatte auch nicht geträumt. Ich muss dazu sagen, meine Oma und ich mussten uns ein Zimmer teilen, es ging leider nicht anders.

An diesem Abend, als ich im Bett lag, dachte ich über die Stunden in der Schule nach. Ich hatte das erste Mal Religionsunterricht. Ich war fasziniert, was Gott alles so konnte. Da ich sowieso jeden Abend im Bett ein Gebet gesprochen habe, habe ich den lieben Gott gebeten, er möge auch mich beschützen und ich würde immer an ihn glauben.

Ja, und danach war das mit dem Licht.

Ich kniff meine Augen zu, dass es doch endlich dunkel werden sollte. Doch dann verspürte ich eine angenehme Wärme. Ich öffnete die Augen wieder und sah an meinem Bett eine große Gestalt stehen. Ich war wie gelähmt vor Angst.

Diese Gestalt war ganz in Weiß und hatte einen sehr langen Bart, der weiß oder grau war. Ihre Hände hielt sie gestreckt über meinen Körper. Das alles dauerte nur einige Sekunden, dann verschwand diese Gestalt wie eine Rauchwolke und es war auf einmal dunkel im Zimmer. Reg- und sprachlos bin ich dann eingeschlafen. Am nächsten Morgen in der Schule war ich sehr nachdenklich und erzählte niemandem von meinem Erlebnis.

Nach einem Monat konnte ich dieses Erlebnis nicht mehr für mich behalten und habe es meinem Religionslehrer erzählt, aber er lachte nur und sagte, dass dies ein sehr schöner Traum gewesen war. Ich war enttäuscht, hatte aber auch keine Widerworte. Aber zu Hause habe ich es abends meiner Oma erzählt. Ja, sie war gar nicht überrascht, son-

dern sagte, dass sie dieses Erlebnis auch schon mal gehabt hatte.

„Ich weiß, wenn Du älter bist, werden auch zu Dir Menschen kommen und um Hilfe bitten."

So verging ein Monat nach dem anderen. In der Schule war ich mittelmäßig, aber in Religion und Musik sehr gut. Ich war eher still und zurückhaltend. Auch als Kind hatte ich schon ein Gespür dafür, wer von den Schülern gut oder schlecht für mich war. Meine Eltern sagten dazu, ich sei wählerisch.

In dem Mietshaus, in dem wir wohnten, wohnte unter uns auch eine Familie mit zwei Kindern, die beide älter waren als ich. Mit Rita, so hieß die Tochter, war ich befreundet. Ich konnte nur leider nicht über alles mit ihr reden. Sie verstand es nicht. Wenn ich sagte, heute wäre sie wieder zickig und dunkel, verzog sie sich.

Meine Eltern hatten dann auf einmal einen Bauplan, sie wollten im selben Ort bauen und ackerten daher jede Stunde, um Geld zu verdienen. Auch ich musste nebenbei nach der Schule mit aufs Feld, *entweder Zuckerrüben hacken, Kartoffeln sammeln oder Bohnen pflücken. So verdiente ich mir mein Taschengeld selbst und konnte mir damit auch einige schöne Sachen zum Anziehen kaufen.*

Die Freundin meiner Oma mochte ich nicht. Sie kam immer ganz in Schwarz gekleidet, mit schwarzem Wollkopftuch, und hatte auf der Nase eine dicke Warze (wie eine Hexe). Ich war immer froh, wenn sie wieder weg war und meine Oma Zeit für mich hatte.

Meine Oma hat mit mir Hausaufgaben gemacht und was mir besonders Spaß brachte, Karten legen mit dem Skatblatt. Sie erklärte mir alles haargenau und ich brauchte auch nicht lange, um es zu verstehen. Auch aus der Hand lesen lehrte sie mich.

Unser Haus wurde sehr schnell fertig. Als wir einzogen hatten meine Brüder, meine Oma und ich jeder ein Zimmer für sich, was bedeutete, dass ich nicht mehr mit meiner Oma in einem Zimmer schlief.

Meine Freundin kam jeden Tag und sie fand das neue Haus toll. Sie war kurz vor der Konfirmation.

Dann eines Tages wollte meine Mutter mit dem Bus in die Stadt fahren, Autos besaßen früher nur wenige Leute. Sie wollte gerade aus dem Haus gehen, als zwei Zigeunerinnen kamen und meiner Mutter etwas verkaufen wollten. Sie waren schon öfter dagewesen und da meine Mutter abergläubisch war, kaufte sie ihnen auch immer eine Kleinigkeit ab. Nur dieses Mal hatte sie es eilig, da sie sonst den Bus verpasst hätte.

„Nein", sagte meine Mutter, „heute kaufe ich nichts, ich muss weg!"

Ich dachte, ich traue meinen Augen nicht, da stellte eine Zigeunerin ihren Fuß in die Tür und spuckte zweimal auf den Flur und sagte, das Haus sei ab jetzt verflucht. Meine Mutter wurde kreideweiß und ich wusste schon damals, dass das nichts Gutes zu bedeuten hatte.

So war es dann auch.

Zuerst erkrankte meine Mutter an Thrombose, dann eine Woche später ist mein Vater vom Gerüst gefallen und hat sich einige Rippen gebrochen. Wie-

der eine Woche später verunglückte mein ältester Bruder mit dem Motorrad und kam mit einem gebrochenen Bein ins Krankenhaus. Mein anderer Bruder bekam eine heftige Lungenentzündung. Als meine Mutter nach einigen Wochen mit der Thrombose „durch war“, erkrankte meine Oma. Meine geliebte Oma bekam einfach über Nacht einen schwarzen Fuß. Sie musste sofort ins Krankenhaus. Dort stellte man hochgradige Diabetes fest und ihr wurde der Fuß amputiert.

Es war alles ganz schrecklich und ich dachte nur immer, wann ich wohl dran wäre und musste ständig an diese Zigeunerinnen denken. Waren sie etwa Hexen?

Zehn Tage nach der Fußamputation wurde meiner Oma das ganze Bein abgenommen. Es war alles so furchtbar, sie lag lange im Koma und ich betete jeden Tag, Gott möge meine Oma am Leben erhalten. Doch vergebens, sie starb nach der zweiten Operation. Für mich brach eine Welt zusammen. Ich beschimpfte den lieben Gott und ich war zornig!

Meine Mutter tröstete mich, wo es nur ging. Dann sagte sie: „Der liebe Gott hat sie zu sich geholt, weil sie nicht mehr leiden sollte, denn sie ging bestimmt durch die Hölle!"

Hölle? Hatte ich da richtig gehört? Nein, meine Oma war ein guter und lieber Mensch und sie hat immer gesagt, nur böse und schlechte Menschen kommen in die Hölle!

Es vergingen einige Wochen und meine Freundin Rita hatte ihre Konfirmation hinter sich. Ich bat sie, mal vorbei zu kommen, um mir Fotos zu zeigen und zu erzählen, wie es war. Sie zögerte erst zu kommen, da meine Eltern sich einen Schäferhund angeschafft hatten und Rita hatte eine schreckliche Angst vor Hunden. Ich musste ihr versprechen, dass ich den Hund einsperre.

Als sie mich besuchte, waren wir allein im Haus und ich habe mich ertappt, dass ich das erste Mal nach langer Zeit wieder lachte.

Meine Mutter war zum Friedhof gegangen und mein Vater und mein Bruder zur Arbeit, aber ich sollte schon mal die Kartoffeln auf den Herd aufsetzen. Das tat ich zwischendurch auch.

Als ich wieder in unsere Stube kam, saß Rita wie versteinert da und ich sagte: „Rita, ist Dir nicht gut?“

„Nein“, sagte sie, „ich habe eben oben auf dem Flur jemanden laufen gehört. Es waren richtige Schritte.“

Ich setzte mich hin und wir lauschten beide. Ich hörte nichts, dann ging ich auf den Flur und rief: „Mama? Papa? Ist da jemand?“ Ich bekam keine Antwort. Doch plötzlich kam unser Hund Rex mir entgegen, den ich doch im Badezimmer eingeschlossen hatte. Meine Freundin und ich bekamen es mit der Angst zu tun und schlossen uns im Wohnzimmer ein. Dann auf einmal hörte auch ich Schritte und es ging jemand die Treppe hinunter.

Meine Freundin Rita und ich schauten uns an und hatten beide den gleichen Gedanken – bloß raus hier! Ich machte das Stubenfenster weit auf und wir beide sprangen dann aus dem Fenster.

Die Kartoffeln schmorten schon vor sich hin, aber das war mir egal. Um keinen Preis ging ich wieder in das Haus. Etwa zehn Minuten später kam meine Mutter wieder. Aufgeregt erzählten wir alles. Meine Mutter meinte nur, es wäre Omas Seele, die noch im Haus war. Oma konnte sich von Dir nicht mehr verabschieden, bevor sie starb, und deshalb hat sie jetzt ihre Seele geschickt, die das tun sollte.

„Oh nein“, dachte ich, „und ich bin einfach davon gelaufen, wie gerne hätte ich mich noch von ihr verabschiedet.“

Kapitel 2

Zwei Jahre und ein paar Monate vergingen, dann ging ich in die Lehre. Ich habe als Textilverkäuferin in einem kleinen Einzelhandelsbetrieb angefangen. Mein Chef war etwa Anfang sechzig und ich bemerkte sehr schnell, dass er zu Männern besonders nett war. Und einmal bin ich aus Versehen in eine Umkleidekabine gegangen und traute meinen Augen nicht: Mein Chef und ein wesentlich jüngerer Mann haben sich dort heftig abgeknutscht! Ich stand da und kalte Schauer liefen mir über den Rücken, ich habe mich geekelt. Ich kannte so etwas nicht und habe auch vorher nie so etwas gesehen.

Einige Minuten später kam mein Chef und hat sich bei mir wegen des Zwischenfalls entschuldigt und ich sollte es auf keinen Fall irgendjemandem erzählen. Ich hielt Wort, aber ich dachte nur, er hat doch eine Frau, ob die das alles weiß?

Eines Abends war ich sehr traurig gestimmt, es war schon der zweite Sterbetag meiner Oma und ich dachte, wenn sie doch bloß da wäre, ich fühlte mich schrecklich allein.

Meine Freundin Rita hatte inzwischen einen netten Freund kennen gelernt, der fast zehn Jahre älter war als sie. Und ich hatte mit 17 immer noch keinen Freund. Aber wie sollte ich auch einen Mann kennen lernen, wenn ich immer abends um 20.00 Uhr zu Hause sein musste. Ich weiß noch, als ich einmal um 20.30 Uhr nach Hause kam, da stand meine Mutter mit einem Ausklopfer hinter der Tür und versohlte mich, so dass ich gar nicht wusste, wie mir geschah. Also habe ich danach auch nie mehr gewagt später heimzukommen.

Leider bin ich auch von meiner Mutter nie aufgeklärt worden, wie es so vor sich geht, wenn man zum Beispiel die Periode bekommt. Ich bekam sie auch schon mit 13 Jahren, aber nachdem ich dachte, ich müsste sterben, da ich über Nacht blutete, hat meine Freundin Rita mich erstmal aufgeklärt.

Das Verhältnis zu meiner Mutter wurde immer schlechter. Sie verstand mich nicht. Das Wort

MÄNNER durfte erst gar nicht in den Mund genommen werden.

Als ich dann das erste Mal verliebt war, habe ich mich heimlich mit Thorsten getroffen. Ja, und ein halbes Jahr später war ich schwanger. Meine Mutter bemerkte es sehr schnell und sie schlug mich windelweich. Ich hatte Angst, dass ich dadurch mein Baby verlieren würde, aber bei der nächsten Untersuchung bestätigte mir der Arzt, dass alles okay war. Ich hasste meine Mutter immer mehr. Eines Tages ging ich sogar in den Wald und wollte giftige Pilze suchen und sie ihr dann unters Essen mischen. Aber ich brachte es nicht fertig.

Nach einigen Monaten plante man unsere Hochzeit. Es war ja unanständig ein Kind zu bekommen, ohne verheiratet zu sein. Die ersten Monate war ich glücklich, wir hatten sogar unsere eigene kleine Wohnung. Doch dann, als mein Mann in einer größeren Stadt Arbeit bekam, kam er immer seltener nach Hause. Er fing zu streiten an und ich bekam nie Geld zum Haushalten. In meiner Not bin ich dann putzen gegangen. Vier Putzstellen in der Woche hatte ich und habe meine Tochter überall mit-

genommen. Oft hat mein Mann mich abgefangen und knöpfte mir mein sauer verdientes Geld ab. Gab ich es ihm nicht, verprügelte er mich. Ich bekam auch sehr schnell heraus, dass er eine andere Frau hatte. Aber es störte mich nicht, nein, ich war froh, wenn er nicht zu Hause war.

Eines Tages wurde meine kleine Tochter krank. Sie hatte sehr hohes Fieber und kein Arzt konnte feststellen, was sie eigentlich hatte. Ich weinte sehr viel und hatte keinen Lebensmut mehr. Ich betete zu Gott, er solle mir doch helfen und mir fiel das Sprichwort meiner Oma ein: „Wenn Du denkst, es geht nicht mehr, kommt irgendwo ein Lichtlein her!“

Es vergingen noch einige Monate, bis ich meiner Familie alles anvertraute. Danach ging alles sehr schnell, mein Bruder half mir beim Umziehen. Obwohl ich es eigentlich vermeiden wollte, wieder nach Hause zu ziehen, bin ich dort doch wieder eingezogen. Für meine Tochter war es auch besser so. Meine Eltern haben sich rührend um sie gekümmert und ich kam finanziell auch besser zurecht.

Kapitel 3

Es ergab sich auch, dass ich einen tollen Job bekam. Ich machte Lehrgänge mit und war im Einsatz als Filialleiterin in einem Kaffeekonzern. Meistens war ich im Raum Hamburg unterwegs und kam nur am Wochenende nach Hause. Ich war zufrieden mit meiner Welt und hatte auch wieder Spaß am Leben.

In einer Filiale in Hamburg lernte ich eine Kollegin, Trixi, kennen. Trixi war einige Jahre jünger als ich, aber wir verstanden uns auf Anhieb. Eines Abends nach Feierabend wollten wir zusammen ausgehen. Wir landeten auf der Reeperbahn in einem Transvestitenlokal, was total Neues für mich. Es dauerte auch nicht lange, bis ein Transvestit auf uns zukam und sich vorstellte. Er hieß Tilly, eigentlich Till, aber wir sollten Tilly sagen. Er setzte sich zu uns und bemerkte, dass wir uns besonders gut gekleidet hätten. Trixi und ich schauten uns an und krümmten uns vor Lachen. Aber er ließ nicht locker und wollte alles über uns wissen. Es war nach langer Zeit mal wieder ein lustiger Abend.

Die nächsten Wochen sind Trixi, Tilly und ich öfter ausgegangen. Wir hatten jedes Mal viel Spaß zusammen. Tilly war ein richtiger Kumpel und war immer zur Stelle, wenn man ihn brauchte. Eines Tages war er sehr bedrückt, er erzählte, dass er nicht mehr lange zu leben hätte, denn er war an Aids erkrankt. Für mich brach eine Welt zusammen, aber ich ließ es mir nicht anmerken, wie traurig es mich machte. Trixi war auch bestürzt, als sie diese Nachricht hörte, und wir wollte zusammen Tilly das Leben so schön wie möglich machen.

Die Wochen und Monate vergingen und ich war jedes Wochenende bei meiner Familie. Ich sah zwar, dass meine Tochter verhätschelt und verwöhnt wurde, doch ich sagte nichts. Ich überließ schweren Herzens ihre Erziehung meinen Eltern. Meine Mutter bekam Gürtelrose und ich habe nach dieser Nachricht sofort Urlaub eingereicht und bin nach Hause gefahren.

„Und“, sagte mein Vater, „willst Du Deiner Mutter nicht helfen?“

„Wie, helfen?“, fragte ich.

„Ja, Oma hat die Gürtelrose besprochen und ich denke, dass Du diese Gabe auch hast."

Ja, mir fiel dazu einiges ein und ich fing mit dem Besprechen an. Natürlich betete ich auch, dass Gott mir helfen sollte. Ich wiederholte diese Behandlung noch zweimal und am fünften Tag war wirklich alles verschwunden. Meine Mutter hatte keine Schmerzen mehr und die Rose war verschwunden. Ich war sprachlos und gleichzeitig stolz auf mich. Meine Tochter war glücklich, dass ich zu Hause war und wir machten uns noch ein paar schöne Tage. Lisa war nun auch schon 4 ½ Jahre und sehr weit für ihr Alter.

Nach einer Woche musste ich wirklich wieder arbeiten und Trixi überschlug sich mit Neuigkeiten, die sie mir erzählen wollte. Dann auf einmal wurden ihre Augen traurig, sie erzählte von Tilly, dass es ihm schlecht ging und dass sie ihn besucht hatte.

„Ich glaube, er braucht jetzt unsere Hilfe", sagte sie.

Meine Gedanken schwirrten nur noch um Tilly und wie ich ihm helfen könnte. Mir fiel nichts ein, aber ich bin trotzdem zu ihm gefahren, habe viel mit ihm gesprochen und über Gott und die Welt erzählt. Schließlich fragte ich ihn, ob er damit einverstanden wäre, wenn ich versuchte, bei ihm die Hand aufzulegen. Er willigte ein und wir waren ganz still. Ich merkte in meinen Händen eine ganz starke Hitze und ein Kribbeln. Er schloss die Augen und ließ es über sich ergehen. Nach ungefähr 20 Minuten nahm ich meine Hände von seinem Kopf. Er schaute mich an und sagte, er hätte ebenfalls eine starke Energie bemerkt und erzählte, er habe im Zimmer Engel gesehen. Das ganze Zimmer war voller Engel. Er empfand es als wohltuend, aber ich wusste, was es bedeutete. Ja, die Engel warteten schon auf ihn und wollten ihn begleiten.

Ich fragte Tilly, ob er Angehörige hätte und er bejahte, dass er eine Schwester in Hamburg hätte, die aber nichts mit ihm zu tun haben wolle. Ich fragte trotzdem weiter, wo sie genau wohne. Trixi und ich wechselten uns täglich ab und versorgten ihn. Aber es wurde jeden Tag schlechter und wir mussten seine Schwester und sein Pflegekind ein-

schalten. Tilly wollte, dass wir zu Hause bleiben sollten, er schämte sich, dass wir ihn so sahen – krank und hilflos. Wir blieben natürlich nicht zu Hause, wir taten wirklich alles für ihn und waren trotzdem hilflos.

Dann nach etwa 14 Tagen haben ihn die Engel wirklich geholt. Wir waren sehr traurig, aber auch irgendwie froh, dass das ein Ende hatte. Als ich in dieser Nacht im Bett lag, sah ich drei Funken, sie waren direkt vor meinem Fenster draußen und wurden immer größer. Dann sind diese Funken zum Himmel gefahren. Mein Gott, war das ein herrlicher Anblick! Nie in meinem Leben werde ich diesen Anblick vergessen.

Ich glaube, es war Tilly mit zwei Engeln, die sich von mir verabschieden wollten. Ja, es muss so gewesen sein, denn Trixi hatte das gleiche Erlebnis. Auch bei ihr wollte Tilly sich verabschieden.

Es kam der Tag, an dem ich eine neue Bekanntschaft machte. Es war ein netter junger Mann, der uns jeden Tag im Geschäft besuchte. Eines Abends holte er mich vom Geschäft ab und wollte mit mir

Essen gehen. Warum nicht, dachte ich, er schien auch Benehmen zu haben. Jedenfalls hatte er eine gute Aura und strahlte eine gute Energie aus. Wir verstanden uns sehr gut und es blieb nicht bei diesem einen Treffen. Fast jeden Abend verbrachten wir zusammen. An einem Wochenende stellte ich ihn meinen Eltern vor. Diese waren natürlich sehr skeptisch, aber nachdem er sich mit meiner Tochter sehr gut verstand, gab es keine Bedenken mehr.

Nach sechs Monaten sind wir in Hamburg zusammen gezogen. Er war auch beruflich in Hamburg tätig und sein Elternhaus stand auch in einem Dorf. Jede freie Minute verbrachten wir zusammen. Dann eines Abends war ich sehr unruhig, ich konnte es mir nicht erklären. Im Bett war es noch schlimmer und dann geschah etwas, was mich erschreckte.

Ich sah am Fenster wieder drei helle Bälle, die leuchteten. Ich ging zum Fenster und stellte die Frage: „Wer?“

Wieder strahlten sie wie Funken zum Himmel. Meine Frage sollte am nächsten Morgen beantwortet werden. Es war sehr früh am Montagmorgen, als das Telefon klingelte. Es war meine Schwägerin, die auch bei meinen Eltern im Dorf wohnte. Ich hörte die Worte wie ein Echo in meinen Ohren: „Mama ist tot!" Meine Beine wurden mir von der Erde weggerissen und mir wurde schwindelig. Dann habe ich geschrien. Es war alles zu viel für mich.

Aber es kam noch dicker. Hinzu kam, dass ich von diesem Tag an immer eine Stimme hörte, die mir sagte, was ich zu tun oder zu lassen habe. Ich habe Leute gesehen, von denen ich wusste, was sie für Gedanken haben. Es war mir unheimlich!

Kapitel 4

Nach der Beerdigung meiner Mutter holte ich Lisa nach Hamburg und mein Bruder zog mit seiner Frau bei meinem Vater ein. Leider musste ich mir einen anderen Job suchen, da ich nur noch halbe Tage arbeiten konnte. Lisa kam halbtags in den Kindergarten, wo es ihr sehr gut gefiel.

Klaus, mein Freund, kümmerte sich rührend um sie und wir waren eine kleine Familie. Nach einem Jahr meldete sich wieder meine Stimme, die zu mir sprach: „Rosalie, Du wirst bald umziehen, bereite Dich schon mal vor." „Nein", sagte ich, „warum, warum soll ich umziehen, wenn ich mich hier wohl fühle?" Die Stimme hörte nicht auf, auf mich einzureden. Ich dachte, ich müsste meiner inneren Stimme einen Namen geben, ich nannte sie „Paul"!

Paul nahm den Namen an.

Am nächsten Tag war Samstag und die Sonne lud zum Spazierengehen ein. Wir Drei wählten den großen Park gleich hinter unserem Wohnblock. Lisa genoss unser Zusammensein, sie tobte und alberte herum. Nachdem wir einige Zeit gegangen waren, machten wir auf einer Bank Rast. Meinem Klaus sah ich an, dass ihn etwas bedrückte. Ich merkte oder wusste, dass das, was er sagen wollte, auch mich anging. Ich half ihm auf die Sprünge und sagte: „Nun rück schon mit der Sprache raus."

„Nun ja", sagte er, „ich habe Dir doch von der Tante erzählt, die die Gastwirtschaft im Moor hat, und dass sie keine Kinder hat. Ihr Mann ist sehr krank geworden, er hat Demenz und kann sie in der Wirtschaft nicht mehr unterstützen. Alleine kann meine Tante es nicht mehr schaffen. Könntest Du Dir vorstellen, dort mit mir zu arbeiten?"

Ich musste an Paul (meine Stimme) denken, und dass er wieder mal Recht hatte.

„Oh", sagte ich zu Klaus, „das kommt mir zu plötzlich, das muss ich erst überdenken. Gib mir noch ein wenig Zeit."

„Natürlich", sagte er, „das ist ja auch nicht nur vorübergehend, sondern für immer."

Als wir wieder nach Hause gingen, sagte niemand etwas, wir waren zu tief in Gedanken versunken. Da auf einmal schrie ein Kind fürchterlich und weinte. Wir liefen zum nächsten Weg im Park und sahen wie ein Mann ganz fürchterlich auf ein Kind einschlug. Er ließ sofort von dem Kind ab, als er uns kommen sah. Ich sah, dass dem Mädchen Blut aus der Nase lief. Es schauderte mich, denn ich musste unwillkürlich an meine Mutter denken, die mich auch öfter geschlagen hatte.

Ich schrie den Mann an, was ihm einfalle auf ein Kind einzuschlagen, ich sah nur noch rot. Ich zitterte am ganzen Körper. Klaus schrie ihn auch an, ob es überhaupt sein Kind sei und wenn wir ihn noch einmal dabei erwischten, würde er sofort eine Anzeige bekommen. Der fremde Mann sah uns nur groß an, nahm das Kind an der Hand und ging schnell davon. Das Mädchen rief: „Nicht so schnell, Papa."

Paul, meine Stimme, meldete sich auch und sagte: „Rosalie, kümmere Dich darum."

Ich wurde wütend und erwiderte: „Wie soll ich mich darum kümmern, ich kenn' die beiden doch gar nicht?" Es nützte nichts, ich hatte schon wieder diese Unruhe in mir!

Als ich im Bett war, lag ich lange wach, es kamen mir Erinnerungen an meine Kindheit. Auch das mit dem Wegziehen des Kindes beschäftigte mich. Dann tat ich etwas, was ich noch nie getan hatte, ich fragte Paul, was ich tun solle. „Wie würdest Du entscheiden?"

Einen Augenblick später meldete er sich und sagte: „Wenn Du diesen Mann liebst, dann gehe mit."

„Danke", sagte ich.

Am nächsten Morgen war Einweihungsfeier für die Erstklässler. Mein Vater kam zu Besuch, um mit dabei zu sein, wenn Lisa mit großer Zuckertüte und Schulranzen zur Schule kommt. Wir haben uns herzlich begrüßt und auch Lisa freute sich, dass ihr Opa dabei ist. Dann in der Schule, die bei uns in der Nähe war, traute ich meinen Augen nicht. Ich sah das kleine Mädchen und ihren Vater aus dem Park.

Das Mädchen hatte auch einen Schulranzen und eine große Zuckertüte. Der Vater des Mädchens blickte stolz auf seine Tochter, aber diese hatte große traurige Augen, die auf uns gerichtet waren. Ich sah nach einiger Zeit ihre Aura und war erschrocken, sie war nur dunkel und überall unterbrochen. Sie war auch sehr schüchtern und scheu, was mich an ein junges Reh erinnerte.

Ich ging zu dem Mädchen hinüber und fragte nach ihrem Namen. Ganz leise sagte sie: „Anna". Dann stellte ich mich auch vor und sagte: „Na, dann kommst Du ja mit Lisa in eine Klasse." Sie sagte nichts, der Vater schaute sie mit einem scharfen Blick an und Anna versteckte sich schützend hinter meinen Beinen. Ich wollte noch mehr von Anna wissen, aber der Vater riss sie von mir weg.

Der Nachmittag verlief harmonisch, wir hatten Spaß daran zuzugucken, wie Lisa sich mit ihrem Schulranzen und der Zuckertüte beschäftigte. In der Nacht hatte ich Albträume, ich träumte von Anna. Ich wachte plötzlich auf, als ich Paul mal wieder hörte. Er sagte: „Rosa, Du musst was tun und Du brauchst Hilfe.“

„Ja“, sagte ich. „Hilfe, aber von wem?“ fragte ich.

Paul antwortete: „Du musst beten und alle geistigen Helfer um Mithilfe bitten.“

Ich bedankte mich, aber ich beschloss dies erst am nächsten Tag zu tun, denn es war mitten in der Nacht.

Es vergingen einige Wochen und ich war nun mit Lisa beschäftigt, zum Beispiel mit ihren Hausaufgaben. An einem Nachmittag klingelte es an der Tür. Es war Trixi.

„Mein Gott, Trixi, das ist ja eine Überraschung, wir haben uns ja ewig nicht mehr gesehen.“

Ja, die Freude war groß. Wir tranken Kaffee und dann bat sie mich, ich solle doch bitte mal die Karten legen. Ich sah sie fragend an und sagte: „ Trixi, gibt es Probleme? Außerdem weiß ich auch gar nicht, ob ich das noch kann. Ich habe das über Jahre nicht mehr gemacht.“

Nun gut, ich überlegte nicht lange und holte die Karten, da ich selbst neugierig war, ob ich das noch konnte und was Trixi auf dem Herzen hatte. Also legte ich los. Zu meinem Erstaunen meldete sich Paul (mein Geist) und plauderte plötzlich drauf los und ohne lange zu überlegen kamen die Worte aus meinem Mund. Ich merkte, dass Trixi Schwierigkeiten mit dem Unterleib hatte und als ich ihr dies sagte, fing sie ganz fürchterlich an zu weinen.

„Ja, das stimmt, ich hatte eine Totaloperation, man hat mir alles entfernt und nun kann ich keine Kinder mehr bekommen."

Ich wusste, dass sie sich sehnlichst ein Kind wünschte und dass es immer nicht klappte. Sie schluchzte immer noch und ich versuchte, sie so gut es ging zu trösten. Ich sagte ihr, man könne doch auch ein Kind adoptieren.

„Es gibt so viele Kinder, die auf Eltern warten, es muss ja nicht ein Baby sein."

Sie stimmte zu und sie wollte gleich abends mit ihrem Mann darüber sprechen. Als Trixi ging, bedankte ich mich bei Paul und fragte ihn, ob er jetzt immer so etwas täte, denn das fände ich cool und ich könnte damit ja viel Geld verdienen. Aber er verneinte es, denn er wäre nur in Notfällen da und würde eventuell Ratschläge geben. Am Abend kam Klaus von der Arbeit und nach dem gemeinsamen Essen fragte er, ob ich mir das mit dem Umziehen überlegt hätte, da seine Tante schon dränge und Genaues wissen wolle. Ich verneinte und schlug vor, dass Lisa doch die erste Klasse in Hamburg zu Ende machen solle. Gott sei Dank war er damit einverstanden.

Am nächsten Tag standen Lisa und Anna vor der Tür. Lisa stotterte, dass Anna nicht abgeholt worden war und ob sie gemeinsam essen könnten und auch Schulaufgaben machen.

„Natürlich", sagte ich und freute mich wirklich. „Nur, was ist, wenn der Vater sich Sorgen macht, wenn Anna nicht aus der Schule kommt?"

„Das glaube ich nicht", sagte Anna, „er hat bestimmt wieder Schnaps getrunken und hat die Zeit verschlafen."

Nun gut, wir werden Anna dann später nach Hause bringen. Der Nachmittag verlief sehr lustig, nur Anna sagte nicht viel und ihre großen braunen Augen waren stets traurig. Ich musste wissen warum, aber ich wollte sie nicht gleich am ersten Tag mit Fragen überschütten. Nur fragte ich, ob ihre Mutter denn nicht da sei.

„Nein“, sagte Anna, „die ist fort.“

Sämtliche Gedanken gingen mir durch den Kopf. Gegen Abend brachten Lisa und ich Anna nach Hause. Es dauerte sehr lange, bis geöffnet wurde. Ein ekliger Duft von Schweiß und Alkohol kam mir entgegen. Annas Vater grüßte nicht und zog Anna gleich ins Haus. Lisa und ich schauten uns nur fragend an. Abends im Bett erzählte ich Klaus dieses Erlebnis und ich redete mich so in Rage, dass ich zuletzt meinte, ich müsse Miss Marple spielen und auch zum Jugendamt gehen.

„Aber um Himmels Willen“, sagte Klaus, „das geht nicht so einfach, dafür muss man Beweise haben.“

„Oh, die werde ich bekommen", sagte ich.

Am anderen Morgen wachte ich mit Kopfschmerzen auf, umso besser wurde meine Laune aber, als Klaus ganz spontan eine Woche Urlaub vorschlug. Lisa freute sich und fragte aber gleich, ob Anna mit dürfe. Ja natürlich, wenn der Vater es erlaube. Die Herbstferien kamen und wir haben eine Woche im Harz gebucht. Anna kam zur großen Freude von Lisa mit. Wir hatten am Waldesrand ein idyllisches Ferienhaus gemietet. Ich bin morgens und abends gewalkt und tagsüber hatten wir alle viel Spaß miteinander.

Eines Abends, es war der zweite Abend im Urlaub, hatte ich eine ungewöhnliche Angst in mir. Es war fast dunkel, als ich vor mir ein Paar sah, das ebenfalls walkte. Es fiel mir auf, dass beide Personen ganz in Schwarz gekleidet waren. Das Komische war, ich wollte die Beiden überholen, aber ich schaffte es nicht. An den nächsten Tagen morgens und abends wiederholte sich dasselbe Spiel. Es kam weder zu einem Gespräch, noch sah ich ihre Gesichter. Am letzten Abend wollte ich wissen, wo sie hinlaufen, ich beobachtete beide scharf und doch waren sie auf einmal wie vom Erdboden verschwunden.

„Paul, was wird hier gespielt?“ fragte ich meinen Geist.

Er antwortete prompt. „Ja“, sagte er, „vielleicht weißt Du es noch nicht, aber bei den Menschen, die hellsehen und Angst haben, kommen die Schutzengel als Menschen verkleidet und haben immer schwarze Kleidung an.“

Ich merkte, dass ich den Mund vor Staunen aufmachte. Das hatte ich noch nicht gehört. Danach habe ich mir sofort Bücher über Engel gekauft und habe es auch schwarz auf weiß gelesen, dass Schutzengel schwarz gekleidet sind und dass sie nur von den Menschen gesehen werden, die spirituell veranlagt sind und geistige Fähigkeiten haben. Ich behielt diese Sache für mich und schwieg darüber. Die beiden Mädchen lachten viel und mein Klaus genoss die Natur und die Ruhe.

Langsam ging die Woche zu Ende und wir fuhren wieder nach Hause. Anna sagte die ganze Fahrt über kein Wort. Ihre Augen wurden immer trauriger. Ich verfiel auch dem Schweigen und überlegte, wie es mit Anna weiter gehen sollte. Wir lieferten Anna bei ihrem Vater ab, der natürlich wieder eine Alkoholfahne hatte und weder grüßte noch „danke“ sagte.

Die Schule fing wieder an, aber Anna fehlte. Am vierten Tag beschloss ich Anna aufzusuchen. Die Haustür war offen und ich rief nach Anna. Niemand meldete sich und dann sah ich Scherben einer Flasche auf dem Fußboden und der Vater lag volltrunken auf der Couch. Panik und Angst überfielen mich. Ich fuhr zur Polizei und meldete Anna als vermisst, doch dann meldete sich Paul, der sagte, ich solle zum Krankenhaus fahren. Beim zweiten Krankenhaus, das ich aufsuchte, hatte ich Glück, Anna lag dort auf der Intensivstation. Ich hatte mich als Tante ausgegeben und ich wurde fast ohnmächtig, als ich diese schreckliche Nachricht hörte: Anna hatte einen Lungen- und einen Leberriss, dazu noch tiefe Schnittwunden. Sie schwebte in Lebensgefahr. Sofort ging ich zum Jugendamt und meldete die ganze Sache. Es lag ja auf der Hand, dass der Vater sie mit der leeren Flasche geschlagen hatte. Ich dachte, wenn es Anna besser geht, wird sie diesen schrecklichen Vorfall bestimmt erzählen und dann wird Anzeige gegen ihren Vater erstattet.

Die Wochen vergingen und es verging kein Tag, ohne dass ich zum Krankenhaus fuhr. Nach drei Wochen kam Anna von der Intensivstation auf die normale Station, sie war außer Lebensgefahr und ich dankte Gott dafür. Es verging kein Tag, an dem ich nicht gebetet habe. Nun kam auch Trixi mal mit und auch Lisa, immer im Wechsel. Als ich sah, dass Trixi sich prima mit Anna verstand, haben wir uns mit den Besuchen immer abgewechselt, wie früher, als es Tilly so schlecht ging.

Lisa machte es auch Spaß, Anna die Schulaufgaben zu zeigen und alles aus der Schule zu berichten. Trixi brachte fast immer Geschenke mit, entweder ein Spiel oder ein Buch. Nur Annas Vater kam nicht. Klaus sagte, er würde sich wohl schämen. Von der Nachbarin hörte ich aber, dass er wegen versuchten Totschlags an seiner Tochter in der Strafanstalt sitze. Die Nachbarin hörte damals Annas Schreie und hatte sie dann besinnungslos aufgefunden und den Krankenwagen gerufen. Welch ein Glück, dachte ich, denn sonst wäre Anna verblutet. Ja, Anna brauchte jetzt ganz viel Liebe.

Mir kam ganz plötzlich die Idee, dass Trixi Anna doch adoptieren könnte. Trixi war begeistert, wir gingen zusammen zum Jugendamt. Leider machten die Mitarbeiter uns nicht so viel Hoffnung. Laut Auflagen und Gesetzen gab es sehr viele Bedingungen zu erfüllen. Aber wir haben gekämpft, wir gaben nicht auf. Anna wohnte inzwischen auch schon bei Trixi und sie wurde nach allen Regeln der Kunst verwöhnt. Ja, Anna hatte wirklich Nachholbedarf. Vom Jugendamt aus sollte das Mädchen einmal pro Woche in psychiatrische Behandlung. Trixi und ich waren nicht so begeistert davon, wir dachten, dann würden die Erinnerungen wieder hoch kommen. Sie kam aber nicht darum herum.

Das Jugendamt machte Nachforschungen, aber man konnte weder die Mutter noch nahe Angehörige von Anna ausfindig machen. Dann, nach vielen Schreibereien und Schnüffeleien von Amtsgericht und Jugendamt kam nach 1 ½ Jahren endlich die

Nachricht, dass Trixi und ihr Mann Anna adoptieren könnten. Die Freude war groß und es wurde ein Fest gefeiert. Ich hatte etwas zu tief ins Glas geguckt und fiel schwindelig ins Bett. Dann, mitten in der Nacht, hörte ich jemand ans Fenster klopfen. Mein Klaus hörte nichts. Als ich zum Fenster sah, sah ich zwei schwarze Schatten, die sich wild bewegten und sich in der Dunkelheit plötzlich in Nebel auflösten.

Ich rief nach Paul: „Paul, was hat dies zu bedeuten?"

Er sagte, die Antwort würde ich morgen bekommen. Total müde fiel ich wieder ins Bett. Am nächsten Morgen, es war Sonntag, kam ich total verkatert in die Küche. Klaus hatte schon den Frühstückstisch gedeckt. Lisa schlief noch. Er las die Zeitung vom Vortag und gab mir eine Seite zum Lesen ab. Ich erschrak. In der Zeitung war Annas Vater abgebildet mit einem Artikel, dass er sich im Gefängnis die Pulsadern aufgeschnitten hatte. Er war also tot. Plötzlich wusste ich, was die Schatten vor meinem Fenster bedeuteten. Ja, diese bösen Geister oder der

Teufel hatten ihn geholt. Statt meinem Frühstück habe ich eine Kopfschmerztablette eingenommen.

Am Abend, als es mir besser ging, habe ich mit Trixi telefoniert. Wir waren zu dem Entschluss gekommen, es Anna lieber nicht zu erzählen, da es ihr jetzt gerade gut ging. Doch ich hatte noch eine große Debatte mit Klaus. Es sollte jetzt an der Zeit sein, wo wir ans Umziehen denken sollten, denn die Tante würde sich sonst einen Pächter suchen. Am liebsten hätte ich gesagt, dann solle sie es tun, aber ich wollte Klaus nicht enttäuschen. Anna und Lisa waren auch nicht so begeistert. Ich habe dann den Beiden versprochen, dass sie sich in den Ferien jederzeit besuchen dürfen und außerdem sei es von Hamburg nach Bremen ja auch keine Weltreise, da könne man am Wochenende auch schnell mal kommen.

Ja, dann kam die Zeit, wo es ans Packen ging. Trixi und ihr Mann halfen uns, wo sie nur konnten und wir waren sehr dankbar dafür. In der Nacht vor dem großen Umzug hatte ich einen wahnsinnigen Albtraum.

Ich träumte von meinem Vater, ich habe ihn auf dem Friedhof gesucht und habe in mehreren Gräbern mit bloßen Händen nach ihm gebuddelt. „Mein Gott", schrie ich und bin dann schweißgebadet aufgewacht. Zum Glück war es nur ein Traum.

Kapitel 5

Der Umzug verlief reibungslos, aber ich war erschrocken, dass es so ein kleines Dorf mit Milchkannen an der Straße war. Das Haus, in das wir einzogen, war erst fünf Jahre alt. Es war zuvor vermietet gewesen an eine Familie mit drei Kindern, die dann aber selber gebaut hatte. Als wir 14 Tage in dem Dorf wohnten, überkam mich eine große Sehnsucht und Heimweh. Jeden Tag führte ich lange Telefonate, mitunter rief ich auch oft zu Hause bei meinem Vater an, denn dieser Traum beschäftigte mich immer noch.

Lisa gewöhnte sich schnell an ihre neuen Mitschüler und Lehrer, sie ging gerne zur Schule, musste allerdings jeden Tag mit dem Bus fahren.

Eines Nachts träumte ich wieder von meinem Vater, dieses Mal saß er im Rollstuhl. Dann, am nächsten Morgen, kam ein Anruf von meiner Schwägerin: „Papa ist ins Krankenhaus gekommen.

Er hat starke Durchblutungsstörungen im Bein und eine offene Wunde."

Ich zögerte nicht und sagte zu, dass ich am nächsten Tag gleich ins Krankenhaus fahren würde. Als ich dort ankam, wurde ich schon erwartet. Der Arzt erklärte mir, dass es nicht gut mit meinem Vater aussehe.

„Das Bein wird nicht mehr durchblutet und wir müssen es gleich morgen amputieren. Wir brauchen natürlich Ihre Einwilligung", sagte der Arzt.

Ich glaubte den Boden unter meinen Füßen zu verlieren, aber ich riss mich zusammen. Meinen Vater hatten die Ärzte schon ins Koma gelegt, da er sonst die Schmerzen nicht aushalten würde. Ich habe ihm Mut zugesprochen und sagte, dass ich für ihn beten würde. Eigentlich konnte er mich nicht hören, aber ich sah eine Träne in seinem Auge. Etwas später rief ich zu Hause an. Lisa meldete sich und fragte, wann ich komme. Ich erklärte ihr, dass ihr Opa im Krankenhaus liege und dass er am nächsten Tag operiert werde. Ich sagte, ich wolle noch zwei Tage dort bleiben und dass sie ja schon groß sei und mit Klaus alleine bleiben könne. Sie war ganz vernünftig und ich wusste, dass sie auch ein paar Tage ohne mich fertig werden würde.

Mein Bruder und meine Schwägerin waren ganz besorgt und wir redeten noch bis lange in die Nacht hinein. Es war schön, wieder mal zu Hause in meinem Elternhaus zu sein. Am nächsten Tag fuhr ich wieder ins Krankenhaus. Mein Vater hatte die Operation gut überstanden, war aber noch nicht ansprechbar. Ich hielt seine Hände und sprach ihm wieder Mut zu, doch dabei musste ich weinen. Er war immer ein lebenslustiger Mensch gewesen.

Am dritten Tag, nachdem ich wieder im Krankenhaus gewesen war, bin ich nach Hause gefahren, mein Vater lag immer noch im Koma und ich konnte nichts für ihn tun.

Lisa freute sich und Klaus war noch bei seiner neuen Arbeitsstelle. Ich fragte mich, wie lange er das wohl noch aushalten würde, am Tage seiner Arbeit nachzugehen und abends bis nachts in der Wirtschaft tätig zu sein.

An diesem Abend bin ich früh ins Bett gegangen, da die Fahrt anstrengend gewesen war und ich Kopfschmerzen hatte. Außerdem war es unser Ruhetag, an dem wir die Gaststätte geschlossen hatten. Deswegen hatte ich mich drüben in der Wirtschaft nicht mehr sehen lassen. Zu der Tante hatte ich keinen heißen Draht, ich bemerkte schnell, dass sie zwei Gesichter hatte und sie ließ mich immer wieder spüren, dass ich bei ihr im Hause nicht willkommen war. Die Wirtschaft war etwas vom Ortskern entfernt und gute 200 m von unserem Haus, so dass wir sie gut zu Fuß erreichen konnten.

Am nächsten Morgen rief ich gleich bei meinem Bruder an, ob mein Vater wohl schon aus dem Koma erwacht sei, fragte ich. Aber er verneinte es. Paul machte mir auch keine große Hoffnung und ich solle tapfer sein.

Einige Menschen können über die Seele mit der geistigen Welt kommunizieren und auf deren Ratschläge hören. Bei mir ist es die innere Stimme (Paul), die mir Ratschläge gibt und den Weg in die Zukunft weist. Ich frage mich, ob ich der einzige

Mensch bin, der die innere Stimme wahrnimmt und ihr folgt?

Die nächsten Tage verliefen ruhig, außer dass Klaus und sein Vater mich mit einer neuen Nachricht überraschten. Ja, sie hatten einen großen Plan, es solle eine Kegelbahn angebaut werden. Nun ja, das hieß also mehr Arbeit, die auf uns alle zukäme, aber irgendwie freute ich mich auch darauf. Klaus' Vater war Ingenieur und Architekt, er war gerade „in Rente gegangen". Er wusste, dass er Krebs hatte und deswegen sollte der ganze Plan schnell über die Bühne gebracht werden.

Am Abend fühlte ich eine unheimliche Ruhe in mir und Paul brauchte gar nichts zu mir zu sagen, ich wusste, was los war. Es war kurz vor Ostern und ich wollte mir noch einmal den großen Haufen Zweigwerk, der auf der Wiese zum Verbrennen lag, anschauen. Dann wurde es auf einmal sehr hell, ich schaute zum Himmel und sah drei leuchtende Kugeln, die eine Zeit verweilten und dann immer höher zum Himmel flogen. In dem Moment wusste ich, dass mein Vater verstorben war und dass zwei Engel ihn zum Himmel begleiteten.

Ich fühlte mich so leicht wie eine Feder und auch irgendwie erleichtert. Zum ersten Mal war ich erleichtert, nachdem eine mir nahestehende Person gestorben war. Man hatte ihm dadurch wahrscheinlich starke Schmerzen erspart. Für meinen Vater war es das Beste, denn ich glaube nicht, dass er mit sich alleine fertig geworden wäre, da er immer ein sehr lebenslustiger Mensch gewesen war. Ich erinnerte mich an früher, als ich Kind war, hat man meinen Vater immer auf Ausflüge oder Hochzeiten eingeladen, damit er auf seinem Schifferklavier spielte und Stimmung machte. Ja, nun war alles lange vorbei und er würde jetzt seinen Frieden finden.

Im Haus angekommen läutete das Telefon und ich wusste, dass es mein Bruder war. Ich nahm den Hörer wie unter Hypnose ab und sagte: „Ja, Papa ist verstorben." Mein Bruder fragte, ob bei mir schon jemand angerufen hätte und ich sagte: „Ja, Paul." und legte auf. Ich musste erst mal alleine sein und hatte keine Lust mit jemandem zu reden.

In der Nacht bekam ich starke Unterleibschmerzen. Ich fragte Paul, was das bedeutete. Ich bekam keine Antwort. Die Schmerzen wurden immer schlimmer und mein Klaus rief den Krankenwagen. Im Krankenhaus sagte ein Arzt, nachdem ich gründlich untersucht worden war: „Ja, tut mir leid, Sie hatten eine Fehlgeburt."

„Eine was?" fragte ich.

„Ja, Sie waren schon Ende des dritten Monats und besser wäre es, wenn Sie für ein paar Tage hier blieben!"

„Oh nein, das geht nicht, mein Vater wird beerdigt, ich kann das nicht."

Ich musste dem Arzt dann versprechen, mich zu schonen und sollte nach einer Woche wieder vorbeischauen. Gut, damit war ich einverstanden. Der Arzt gab mir auch noch mit auf den Weg, ich solle nicht traurig sein und nach einer Fehlgeburt klappe es umso schneller. Als ich nach Hause kam, war ich alleine, keiner, der mich begrüßte oder mich in den Arm nahm. Ja, ich musste weinen, ich fühlte mich schrecklich einsam.

Ich bin dann wohl eingeschlafen und erwachte als Geschirr in meiner Küche klapperte. Es war Lisa, sie wollte für uns einen Kaffee kochen, sie hatte sogar Kuchen mitgebracht. Am Abend kam Klaus und er brachte die Tante mit. Sie fragte nicht, wie es mir geht, nein, sie fragte, ob ich wieder arbeiten könne. Sie hatte eine Hochzeitsfeier angenommen und ich solle sehen, dass ich am Wochenende wieder fit bin. Klaus überließ mir die Entscheidung, ich solle aber auf mich aufpassen.

In der Küche in der Wirtschaft waren schon zwei ältere Frauen zum Helfen. Ich sollte mich um das kalte Buffet kümmern. Nun ja, das tat ich auch gern. Aber ich hörte, wie sie tuschelten: „Die Dame aus Hamburg bindet keine Schürze um."

Ich war sauer und ich merkte, dass es an der Zeit war „aufzuräumen". Mir platzte der Kragen und ich brüllte los: „Erstens heiße ich Rosa (Abkürzung für Rosalie), zweitens komme ich auch vom Dorf, drittens binde ich nie eine Schürze um, weder werde ich eine Schürze tragen noch ein Kopftuch und viertens werde ich hier in Zukunft das Sagen haben, ob Ihr wollt oder nicht und ich möchte nicht, dass hinter meinem Rücken getuschelt wird! So, das war's!"

Der Tante blieb der Mund offen stehen und das Personal ging wieder an die Arbeit, ohne dass jemand mich ansah.

Es war Wochenende und Klaus war draußen bei den Tieren, bis er aufgeregt hereinkam, ich müsse sofort den Tierarzt anrufen, die eine Stute habe sich das Knie aufgerissen. Ich betete und bat auch Paul, er solle alle geistigen Helfer herbeirufen, um zu helfen. Der Tierarzt kam sehr schnell, aber er sagte nur, die Stute müsse zum Abdecker.

„Nein", sagte ich, „die Stute ist tragend, bitte geben Sie ihr noch eine Chance."

Klaus war froh, dass ich dieses sagte. Er sperrte die Stute im Stall ein und ich wusste, was ich zu tun hatte. Aber es war nicht einfach, denn ich hatte Angst vor Pferden, da ich als Kind vom Pferd gebissen worden war. Aber Klaus lenkte die Stute mit Wurzelnfüttern ab, so dass ich Ruhe hatte meine Hand auf die Wunde zu legen. Mit etwas Abstand und Ruhe hatte ich Zeit zum Besprechen. So ging ich morgens und abends in den Stall und tat meine Arbeit. Am vierten Tag sah ich, dass die Wunde zuging und am fünften Tag konnte die Stute wieder im Freien auf der Wiese laufen. Es war ein Wunder und ich bedankte mich bei Paul.

Nach der Beerdigung meines Vaters kam Ostern auf uns zu. Am Ostersamstag wurde der große Holzhaufen angesteckt und das war für mich wie ein Magnet. Ich konnte nicht genug davon kriegen, dieses Knistern und die großen Flammen machten eine gemütliche Stimmung. Ich sah auf einmal Gesichter in den Flammen, es waren Tote. Ja, es waren Tilly aus Hamburg, meine Mutter, mein Vater und zuletzt meine Omi. Ich bekam eine Gänsehaut, ich hatte am Abend eigentlich eine gute Stimmung, doch dieses machte mir Angst. Ich wollte alleine sein und ging dann auch schon zeitig ins Bett.

Die Wochen vergingen und endlich kam das Fohlen zur Welt. Lisa sagte, es solle Skippy heißen. Wir freuten uns alle, denn jeder musste daran denken, dass es beinahe nicht zu der Geburt gekommen wäre. Lisa kümmerte sich rührend um das Fohlen.

Doch die Stute wurde krank, stand nicht mehr auf und die Wunde war auch wieder aufgegangen. Ich gab mir Mühe und wollte wieder helfen, doch Paul sagte: „Rosalie, lass sie gehen." Also gab ich der Stute wenigstens den Segen und versprach ihr, dass wir uns um Skippy kümmern würden!

Kapitel 6

Klaus und sein Vater hatten schon zusammen mit einer Baufirma den Anbau der Kegelbahn begonnen. Klaus war nun auch zu Hause, denn jetzt wurde er hier gebraucht. Wir stürzten uns alle in die Arbeit und die Tante ging mir immer mehr aus dem Weg. Das war auch gut so. Ich arbeitete von früh bis spät und fiel abends tot ins Bett, während Klaus noch die Kneipe auf hatte und den Tresen machte.

Ein Jahr später, die Kegelbahn war fast fertig, ist dann Klaus' Vater an seinem Krebs gestorben. Es ging alles sehr schnell. Es tat uns leid, denn wir hatten ihm viel zu verdanken. Klaus' Mutter lebte dann in einer kleinen Wohnung in Bremen und seine Schwester kümmerte sich um sie, wofür ich sehr dankbar war. Sie arbeitete zwar auch halbe Tage, aber irgendwie schaffte sie es, alles unter einen Hut zu bringen.

Zwei Monate später meldete sich unsere zweite Tochter an. Der Frauenarzt sagte zuerst, es werde ein Junge (also ein Dennis), aber es kam anders, der Junge entpuppte sich als ein Mädchen und wir hatten keinen Namen für unser Kind. Spontan sagte ich, sie solle Elena heißen. Die Freude war groß, denn sie war sozusagen unser Wunschkind. Lisa war nicht so begeistert, denn jetzt spielte Elena „die erste Geige".

Im Geschäft war ich dann nicht mehr so oft tätig, aber nur Hausfrau zu sein war auch nicht schlecht und ich hatte auch so alle Hände voll zu tun. Die Monate vergingen und Klaus und ich planten unsere Hochzeit, die natürlich in unserem Lokal stattfinden sollte. Unsere Freunde, das heißt die Männer meiner beiden Freundinnen waren dann unsere Trauzeugen. Wir haben auch unsere Freunde aus Hamburg eingeladen. Alle gaben sich viel Mühe die Hochzeit gut zu gestalten, sogar Klaus' Tante, die mir mittlerweile leid tat, da sie sich auch um ihren demenzkranken Mann kümmern musste. Die Hochzeit wurde im großen Rahmen gefeiert, wie es auf dem Dorf so üblich ist, wurden viele Nachbarn, Verwandte und Bekannte eingeladen.

Was mich sehr traurig machte war, dass mein ältester Bruder nicht dabei sein konnte, er war zu schwach geworden und ging kaum noch aus dem Haus. Der Arzt stellte Lungenkrebs fest, was für alle schockierend war. Paul hielt sich lange zurück, bis jemand kam, der die Karten gelegt haben wollte.

„Paul", fragte ich, „wirst Du mir helfen? Sonst nehme ich es nicht an."

Er sagte ein klares „Ja" und ich war zufrieden. Es kam jemand aus unserem Dorf, ein Großbauer, der nicht wusste, wem er alles vererben sollte. Es kam mir wieder alles aus dem Mund „herausgeplappert", als ob ich es irgendwo ablesen würde. Zum Schluss bedankte er sich und ging. Er schien sehr zufrieden zu sein.

Paul meldete sich: „Warum gab dieser Bauer Dir kein Geld fürs Karten legen? Er hat doch schließlich genug davon."

Ja, dachte ich, er hätte sich ruhig dankbar zeigen können. Gut, das nächste Mal, dachte ich.

Das nächste Mal war schon bald. Es sprach sich im Dorf und auch in Nachbarorten herum, dass ich Karten legen kann. Es kamen sogar Geschäftsfrauen aus unserem Nachbarort. Ich war jedes Mal geschockt, was diese Frauen für Probleme hatten und meistens ging es um Herzschmerz, also um Liebeskummer. Ich verlangte jedes Mal einen Obolus (Geld) und bekam auch jedes Mal das, was ich verlangte.

Nach ein paar Monaten rief meine Schwägerin aus meinem Heimatort an. Wenn ich meinen Bruder noch einmal sehen möchte, solle ich bald kommen, er liege im Krankenhaus auf der Intensivstation. Sofort kümmerte ich mich darum, dass alle versorgt waren und Klaus musste sich um die Kinder kümmern, da ich voraussichtlich wohl ein paar Tage wegbleiben würde. Ich machte mir natürlich Gedanken, aber es würde schon klappen. Lisa kümmerte sich ja schließlich auch ganz rührend um Elena, ihre Schwester.

Es war Juli und wir hatten einen herrlichen Sommer. Nur ich konnte diese Zeit nicht richtig genießen, da meine Gedanken bei meinem Bruder waren. Während ich im Auto saß und Richtung Heimat fuhr, fragte ich Paul, was er meinte, werde mein Bruder es gesundheitlich schaffen? Aber es kam ein klares „Nein". Ich war darauf gefasst, diese Antwort zu bekommen. Ja, ich war sehr gefasst.

Während ich fuhr, wurde ich nachdenklich, ja es kamen sogar Tränen und ich musste rechts ranfahren, da ich bald vor lauter Tränen nichts mehr sehen konnte. Ich dachte an die Zeit, als wir Kinder waren, Rolf war immer mein großer Bruder, der mich überall mit hinnahm und der mich beschützte und ich war immer stolz auf ihn gewesen.

Ja, und nun nach vier Jahrzehnten sollte sein Leben beendet sein?

Paul meldete sich, ja, mein Bruder hätte im vorigen Leben davor schlechte Karten gehabt, er hätte deshalb in diesem Leben ein schlechtes Karma, das er nun durch Krankheit ausbaden müsse. Diese Sache mit dem Karma beschäftigte mich sehr. Und, fragte ich Paul, was ich für ein Karma hätte, denn irgendwie fühlte ich mich in meinem jetzigen Leben bestraft, da mir immer die liebsten Menschen genommen würden!

„Ja", sagte Paul, „es hat was mit Deinem Vorleben zu tun. Du warst im vorigen Leben eine Herrscherin in Ägypten. Die Menschen verbeugten sich vor Dir, aber Du hattest ein Herz aus Stein und hast viele Menschen, auch Deine Diener, schlecht behandelt."

„Oh Gott", sagte ich, „das kann ich mir beim besten Willen nicht vorstellen." Ich fuhr wieder rechts ran.

„Paul", sagte ich, „davon musst Du mir mehr erzählen." Paul verneinte es, er meinte nur, ich hätte es in meinem jetzigen Leben wieder gutgemacht, ich hätte ein gutes, warmes Herz und wäre immer hilfsbereit.

„Das ist auch gut so und das oberste Gericht wird es auch noch weiterhin gut mit Dir meinen, weil die Menschen Deine Hilfe brauchen."

„Oh, Paul“, sagte ich, „ich komme heute nicht ans Ziel, wir müssen uns nochmal zusammensetzen und Du musst mir ausführlich von aus meinem früheren Leben und vom obersten Gericht berichten, ich möchte alles darüber wissen! Auch wie es gemeint ist mit meiner Hilfe für die Menschen.“

Dann war es still. Mir aber schwirrten sehr viele Gedanken im Kopf herum.

Bei meiner Schwägerin angekommen staunte ich nicht schlecht, sie hatte ein Ehepaar zu Besuch und es wurde gescherzt und gelacht. Ich fragte, ob es Rolf jetzt besser gehe, da alle so gut gelaunt wären. Sie schauten mich groß an und verneinten es.

Ich musste mich sehr zurückhalten, um nicht auszurasten. Mein Bruder lag im Sterben und meine Schwägerin feierte. Heimlich ging ich die Treppe hoch, wo ich übernachten sollte, ich war stinksauer. Dann rief ich erst mal zu Hause an, dass ich gut angekommen war.

„Na endlich“, sagte Klaus, „ich dachte schon, es sei was passiert.“

Ich stotterte, dass ich in einen Stau gekommen sei und deshalb spät dran war. Ich wollte ihm nicht die ganze Geschichte mit Paul und meinem Vorleben erzählen, er würde es nicht verstehen. Danach rief ich bei meinem Bruder an, der einen Ort weiter wohnte. Ich fragte, ob wir zusammen zum Krankenhaus fahren wollen. Er verneinte, da es Rolf auch leicht zu viel werden könne. Nun gut, dachte ich, ich werde bei dem schönen Wetter mit dem Fahrrad dort hinfahren.

Gesagt, getan. Es waren gute 7 km über die Dörfer. Aber ich entschied mich, die Abkürzung zu fahren, nämlich durch eine Schonung, die ich früher als Kind schon immer gefahren war. Dieses Stück Wald faszinierte mich. Die Bäume und das Unterholz waren noch dichter und höher geworden und die Sonne blitzte durch die Tannenspitzen. Leicht erschöpft kam ich endlich am Krankenhaus an. Doch ich hatte es gar nicht eilig zu meinem Bruder zu kommen, ich zog es vor erstmal einen Kaffee zu trinken. Die Cafeteria war sehr voll. Ich fragte eine ältere Frau, ob bei ihr noch ein Platz frei wäre. „Ja“, sagte sie. Sie taxierte mich von Kopf bis Fuß.

Die alte Frau erinnerte mich an eine der Zigeunerinnen, die damals mein Elternhaus verfluchten. Mir wurde unheimlich, am liebsten wäre ich wieder aufgestanden, doch dann meldete sich Paul.

„Bleib", sagte er, „das ist eine sehr weise Frau und vielleicht lernst Du von ihr."

„Lernen?" fragte ich. „Wieso?"

Die Frau fing ein Gespräch mit mir übers Wetter an und sie wollte wissen, woher ich komme. Ich hatte keine Lust zu reden, aber anstandshalber berichtete ich. Dann erzählte sie über ihre Krankheiten und warum sie schon wieder im Krankenhaus sei. Als ich gehen wollte, sagte sie noch einen Spruch, den ich mir dann gleich auf einen Zettel schrieb: „Wir wissen mehr vom Körper als vom Geist. Der Geist ist Körper und spricht mit den Zellen und dem ganzen Gehirn. Man kann es aber auch belebende Energie nennen."

Nun gut, dachte ich, ich werde zu Hause darüber nachdenken. Nun wollte ich aber wirklich meinen Bruder besuchen. Ich verabschiedete mich von der alten Frau, die mich wieder mit ihren Röntgenaugen anschaute und sagte: „Kind, passen Sie gut auf sich auf!" Was hat das denn schon wieder zu bedeuten, dachte ich. Aber Paul meldete sich nicht und somit war die Begegnung mit der alten Frau für mich abgeschlossen.

Auf der Station angekommen, nahm ich allen Mut zusammen und betrat das Krankenzimmer meines Bruders. Ich erschrak, er lag alleine im Zimmer und war bis auf die Knochen abgemagert. Man hatte ihn ins Koma gelegt und er war an mehrere Geräte angeschlossen. Ich nahm seine Hand und sagte, alles werde gut und er werde eine lange, lange Reise machen.

Ich musste wieder aus dem Zimmer, aber ich hatte keine Zeit zum Weinen, denn es kam eine Krankenschwester auf mich zu und fragte, ob ich seine Frau sei. Ich verneinte, ich sei seine Schwester.

„Wir können die Frau Ihres Bruders nicht erreichen. Es wäre schön, wenn jemand heute Nacht bei ihm bliebe", sagte sie.

„Ist gut, ich komme heute Abend wieder." Mir wurde immer noch übel, wenn ich an den vorigen Abend dachte, als meine Schwägerin von Herzen lachte.

In Gedanken versunken fuhr ich wieder durch die Schonung. Doch was war das? Ich hörte wie zwei junge Männer aus dem Gebüsch kamen. Ich sah mich um, sie hatten jeder ein Fahrrad und fuhren hinter mir her. Ich fuhr schneller, die Beiden auch. Ich war schon aus der Puste als ich dachte, lass' die Beiden mich doch überholen. Eigentlich brauchte ich keine Angst zu haben, denn es war ja noch helllichter Tag. Aber ich sollte mich irren, sie überholten mich nicht, sie bedrängten mich mit ihren Fahrrädern so sehr, dass ich seitwärts im Graben landete.

Ich schrie: „Was wollt Ihr?" Die beiden lachten und einer von ihnen fing an, an mir herumzugrabbeln. Ich rief ganz laut: „Paul, wo bleibst Du?" Sie guckten sich fragend an. „Ja", sagte ich, „mein Bruder kommt mir gleich entgegen und dann macht Euch auf was gefasst."

„Ach", sagte einer von ihnen, „das haben schon viele gesagt, um uns Angst einzujagen."

Oh nein, dachte ich, ich schrie so laut ich konnte und biss wie ein wildes Tier um mich. Dann kam meine Rettung: Ein älteres Ehepaar ging dort spazieren und wunderte sich, was denn da los sei. Augenblicklich ließen die beiden Jungen von mir ab und fuhren wie der Blitz davon. Das Ehepaar fragte, ob mir etwas passiert sei. „Nein", sagte ich, „wir haben nur ein Spiel gemacht." Ich flunkerte nur so und als ich mein Fahrrad aufnahm merkte ich, dass ich ganz weiche Knie hatte. Ich beschloss, den restlichen Weg zu schieben.

Bei meiner Schwägerin angekommen sagte ich nichts von dem Zwischenfall. Sie wunderte sich nur, dass ich so schmutzig war. „Ja gut", sagte ich, „ich bin über einen Stein gefahren und bin gestürzt." Sie nahm es so hin.

Ich erzählte ihr nun, was die Krankenschwester gesagt hatte und fragte, ob sie ihren Mann noch das letzte Mal lebendig sehen möchte. Aber ich merkte schnell, dass sie es nicht wollte. In dem Moment als ich ihr „einige Takte“ erzählen wollte, klingelte das Telefon. Es war eine Mitarbeiterin des Krankenhauses, die meiner Schwägerin mitteilte, dass ihr Mann verstorben sei. Meine Schwägerin war gefasst und vergoss keine Träne. Ich sagte nur, dass ich nun nach Hause wolle und sie solle sich melden, wann die Beerdigung sei. Ich hatte es auf einmal sehr eilig wegzukommen, denn ich merkte, ich konnte ihre Nähe nicht mehr ertragen.

Als ich wieder auf dem Rückweg war gingen mir viele Gedanken durch den Kopf. Erstens die Sache mit Paul auf dem Hinweg, dass er mir vorhielt, ich wäre im vorigen Leben ein schlechter Mensch gewesen, was ich überhaupt nicht glauben konnte. Zweitens das Verhalten meiner Schwägerin: Liebte sie ihren Mann etwa nicht mehr? Drittens die alte Frau in der Cafeteria, die - glaube ich – sehr viel über mich wusste. Viertens das ältere Ehepaar, das zufällig da war, als ich überfallen wurde und das ganz in schwarz gekleidet war.

Das älter, schwarz gekleidete Paar kam mir bekannt vor. Sollten diese beiden Menschen wieder meine Schutzengel gewesen sein?

Kapitel 7

Die Tage, Wochen und Monate vergingen. Ich arbeitete rund um die Uhr, Schlaf war Luxus. Es war immer derselbe Trott: Morgens putzen, nachmittags einkaufen, Haushalt und Kinder, abends kellnerieren oder in der Küche für die Kegler kochen. Ich wurde immer sensibler und heulte gleich los, weil ich nicht mehr klar kam, legte jedes Wort von Klaus auf die Goldwaage.

Dann eines Morgens während des Putzens kam der große Knall. Ich konnte nicht mehr, ich habe einen Nervenzusammenbruch bekommen. Ich war allein im Haus. Auf einmal sah ich einen Engel, der zu mir sprach: „Es wird alles gut", und ich fing seit langer Zeit wieder an ein Gebet zu sprechen.

Aus meinem Mund kamen Worte, die ich vorher nie ausgesprochen hatte. Ich bat Gott mir zu helfen, ich möchte nicht mein Leben lang nur putzen und kochen, ich möchte Menschen helfen und heilen.

Kurz darauf bin ich zu unserem Hausarzt gefahren, da ich nur noch zitterte und weinte. Er gab mir etwas zur Beruhigung und ich musste ihm versprechen, kürzer zu treten und ich solle selbst etwas für mich und meinen Körper tun. Ich habe mich dann auch wirklich ein paar Tage ausgeruht und Paul hat sich nicht bei mir gemeldet. Als Klaus und ich dann eine Woche später zum Großmarkt fuhren, sah ich im Vorbeifahren ein großes Schild, auf dem groß „Reiki" stand. Ich hatte schon davon gehört, dass Reiki die Selbstheilungskräfte aktiviert. Auf dem Rückweg hielten wir dort an und ich klingelte an der Tür. Eine Frau, ganz in Weiß gekleidet, öffnete die Tür und war sehr freundlich. Sie gab mir einen Termin und ich freute mich auf diesen Tag.

Mein Klaus hatte nach meinem Zusammenbruch zwei Hilfen eingestellt, eine für die Küche und eine zum Putzen. Es war wirklich eine große Erleichterung für mich. Ich hatte mich in der Zwischenzeit mit Reiki schlau gemacht, habe Bücher darüber gelesen und fing auch zu meditieren an. Es war am

Anfang nicht einfach, aber nach einigem Üben war es sehr schön und ich fühlte mich hinterher richtig gut. Dann kam der Tag, an dem ich den Reiki-Termin hatte. Ich betrat einen sehr gemütlichen Raum, ausgestattet mit einigen Buddhas, japanischen Bildern, einer bequemen Liege und ein fremder Duft kam mir entgegen. Die Gastgeberin bat mich, meine Schuhe auszuziehen und ich sollte mich auf die Liege legen. Angst und Glücksgefühl wechselten sich bei mir ab. Sie stellte sich dann mit Namen vor und erklärte mir, wie sie Schritt für Schritt vorgehe. Martha ließ dann eine sanfte leise Musik spielen.

Sie legte die Hände auf meinen Kopf und ich merkte, wie eine angenehme warme Welle meinen Körper durchflutete. Es war wirklich sehr angenehm, ich spürte ein Kribbeln bis zu den Zehen. Nach und nach bearbeitete sie mit den Händen meinen Körper abwärts, massierte meine Füße und zum Schluss legte sie ihre warmen Hände auf meinen Rücken. Als sie mit der Behandlung fertig war, sagte ich nur: „Bitte, weiter machen!“ Sie lachte nur und dann unterhielten wir uns noch eine ganze Weile.

Ich erzählte sehr viel über mich und Martha hörte gut zu. Sie sagte, sie hätte über meinem Körper Bilder gesehen und Farben. Es war ganz merkwürdig, meinte sie, als hätte ich noch jemand in meinem Körper wohnen! Ich merkte, wie mir die Röte ins Gesicht schoss, doch ich schwieg. Außerdem, sagte Martha, hätte ich eine wahnsinnige Energie und könnte ein ganzes Dorf damit versorgen. Nach diesem Gespräch machten wir noch weitere Termine für Behandlungen aus. Ich freute mich jedes Mal aufs Neue darauf.

Dann, nach langer Zeit, meldete sich Paul: „Ich sehe, Du wirst wieder ein normaler Mensch!"

„Ja, Paul und ich fühle mich ganz gut dabei."

„Nun", sagte Paul, „warum machst Du nicht auch so etwas? Du wolltest doch Menschen helfen und nebenbei hilfst Du Dir selbst auch." „Außerdem", redete er weiter, „lässt sich so etwas gut mit Besprechen und Hellsehen verbinden."

„Oh ja", sagte ich zu Paul, „das ist eine sehr gute Idee!"

Noch am selben Tag sprach ich mit Klaus, wie er darüber denke.

„Nun ja", sagte er, „wenn Du dazu Lust hast, bekommst Du meine Unterstützung."

Ja und die brauchte ich auch, denn all diese Sitzungen und Reiki-Ausbildungen kosteten viel Geld. Gesagt, getan, ich meldete mich zur Erlangung des 1. Reiki-Grades an. Sogar der Pastor, der bei Martha zu Besuch kam, sagte zu mir: „Ich gratuliere, nun sind Sie Gott ein Stück näher gekommen."

Am Abend, als ich nach Hause kam, standen meine beiden Freundinnen und noch zwei Frauen vor der Tür und wollten von mir behandelt werden.

„Oh", sagte ich, „da bin ich nicht drauf vorbereitet und außerdem ist es schon spät!"

Paul meldete sich: „Du hast jetzt eine Chance, lass' sie Dir nicht entgehen. Ich helfe Dir."

„Gut", sagte ich schließlich, „dann kommt herein."

Wir sind in die kleine Stube gegangen, in der der Fernseher stand. Nach und nach habe ich bei allen Frauen die Hand aufgelegt. Die Erste hatte Migräne, die Zweite eine lächerliche Warze, die Dritte Fußschmerzen und die Vierte Schilddrüsenprobleme. Als ich fertig war, spürte ich meinen Rücken kaum noch. Es war spät am Abend und ich wollte nur noch ins Bett. Am nächsten Tag habe ich Klaus davon erzählt.

„Das geht ja schon gut los, dann werde ich Dir eine Liege dafür besorgen und das Zimmer müssen wir umgestalten."

Gesagt, getan. Mir machte es sehr viel Freude. Einige Tage später rief eine Frau aus Gnarrenburg an, ein Ort hier in der Umgebung. Sie hatte von mir gehört und sie bat mich um Hilfe. Ich möchte doch so nett sein und ihrer Schwiegermutter helfen, indem ich eine Fernheilung mache. Sie liege im Krankenhaus, habe beide Beine gebrochen und ziemlich starke Schmerzen.

„Ja", sagte ich, „ich habe so etwas noch nie gemacht, ich weiß nicht, ob es klappt."

„Doch, Sie schaffen es, ich glaube ganz fest daran. Meine Schwiegermutter ist auch eine Heilerin und nun ist sie selber krank.“

„Gut, ich versuche es.“

Und ob es geklappt hat! Sie machte nach drei Tagen Gehversuche und hatte kaum noch Schmerzen. Immer mehr Leute kamen und die meisten behandelte ich mit Erfolg. Die Menschen kamen auch von sehr weit her, bis zu 100 km und weiter.

Nur, was mich sehr traurig machte war, dass die Leute aus dem eigenen Dorf nicht kamen. Ich konnte es mir nur so erklären, dass sie in mir immer noch die Gastwirtsfrau sahen. Ich machte Reiki von morgens bis abends und war mit Leib und Seele dabei. Wenn schwierige Fälle kamen, bat ich entweder Paul oder alle geistigen Helfer um Unterstützung.

Es kamen auch Leute nur zum Besprechen, wie meine Oma es immer getan hatte. Die meisten von ihnen hatten Gürtelrose, Wundrose oder Herpes. Ich arbeitete mit der Energie meiner Hände, so, wie sonst ein Geistheiler heilt. Manchmal war ich mir selber unheimlich, da ich während der Behandlung auch manchmal Farben und bunte Bilder aus dem Leben der Person sah. Das erste Mal dachte ich an Halluzinationen, doch alles verstärkte sich mit den Jahren. Es gab wirklich viel zu tun und unser Hausarzt und andere Allgemeinärzte aus dem Umkreis schickten mir hilfesuchende Menschen, da es sich herum gesprochen hatte, dass ich mit meinen Händen arbeitete und diese sofort merkten, wenn im Körper etwas nicht stimmte. Ich durfte natürlich keine Diagnosen stellen und keine Rezepte verordnen, da ich keine Ärztin bin.

Ich wollte immer noch mehr und ich sah mir im Fernsehen nur noch Gesundheitssendungen an, las Gesundheitsbücher und machte einen Fußreflexzonen-Lehrgang mit. Wenn es mal mit der Genesung nicht gleich klappte, war es für mich sehr beunruhigend. Doch Paul und mein Klaus machten mir Mut und sagten: „Wenn Du nicht an Dich selber glaubst, wer soll dann an Dich glauben?"

Ja, dieser Satz machte mir Mut! Nach einem halben Jahr Praxisarbeit meldeten wir meine Arbeit als Gewerbe an und somit durfte ich dann auch Geld verlangen. Klaus hatte durch meinen Arbeitsausfall in unserer Gaststätte natürlich auch Kosten. Ja, meine Sache mit Handauflegen war mir sehr wichtig. Ich wollte tatsächlich Menschen heilen. Ich hatte es nicht nur so daher gesagt. Auch meine Familie und Verwandten profitierten davon. Nur meine Freundinnen hier im Dorf interessierten sich nicht dafür. Wenn ich darüber erzählen wollte, schnitten sie ein anderes Thema an. Da fragte ich mich, ob sie denn wirklich meine Freundinnen waren? Sie zogen sich immer mehr von mir zurück und wir sahen uns immer weniger. Nur eine Verwandte einer meiner Freundinnen kommt auch heute noch und lässt sich von mir behandeln. Sie glaubt ganz fest an mich und ich habe ihr auch schon oft geholfen! Sie erwähnt auch immer wieder, wie gut es ihr tue, dass sie durch ihre Krankheit den richtigen Lebensweg gefunden hätte.

Nach acht Monaten hatte ich das Bedürfnis, den 2. Reiki-Grad zu machen, aber wo? Meine Reiki-Lehrerin war nach Holland gezogen, da sie mit dem Heilpraktiker aus ihrem Ort ziemlichen Ärger ge-

habt hatte. Es war damals so, dass man ein Arzt oder ein Heilpraktiker sein musste um Handaufzulegen. Das Gesetz, dass man Handauflegen darf auch als Nicht-Heilpraktiker, kam erst im März 2004 heraus. Gott sei Dank, dass ich davon nichts mitbekommen habe. Es stellte sich heraus, dass einige Dörfer weiter auch eine Reiki-Lehrerin wohnte. Sie war nicht so aktiv tätig wie ich und deshalb hatte ich nichts von ihr gehört. Sie war bereit mir den 2. Grad zu geben.

Paul sagte: „Sie ist zwar nett, hat aber unheimliche Sprüche drauf."

Sie hieß Petra und war meine Altersklasse. Sie sagte zum Beispiel: „Pass' auf Deine Umgebung auf. Nach dem 2. Grad passiert immer irgendetwas Negatives."

Es sollte auch so kommen. Ich merkte sehr schnell, dass ich nach dem 2. Grad eine noch höhere Energie bekommen habe und dass ich alles noch besser wahrnahm. Die Erlebnisse kamen kurz darauf in der Nacht. Auf einmal habe ich die Tante meines Mannes neben meinem Bett stehen sehen. Sie sagte: „Rosalie, mein Zug ist abgefahren." Es war unheimlich. Sie verschwand aber genauso schnell, wie sie gekommen war.

Einige Tage später musste sie ins Krankenhaus, sie hatte Diabetes und man nahm ihr erst einen Fuß ab und dann das ganze Bein. Sie lebte danach auch nicht mehr lange. Also, das war damit gemeint, ihr Zug sei abgefahren. Es war diesmal eine andere Art der Vorankündigung. Ich sprach aber mit niemandem über dieses Erlebnis, noch nicht einmal mit Klaus. Aber es sollte nicht bei diesem einen Erlebnis bleiben.

Einige Wochen später erschrak ich, als ich im Bett liegend eine Stimme ganz deutlich sprechen hörte: „Rosalie, steh auf, Du musst zur Beerdigung Deiner Patentante Ilse!" Ich machte überall Licht an und dann knallte es. Ein Bild, das an der Wand auf dem Flur gehangen hatte, war heruntergefallen und zerbrochen. Mein Klaus war besorgt. Er sagte nur: „Wenn es Dich beruhigt, stellen wir morgen gleich Nachforschungen an."

Paul meldete sich auch und sagte: „Ich glaube, sie hat Abschied genommen."

Ich hatte meine Patentante 30 Jahre nicht mehr gesehen, auch nicht mit ihr telefoniert oder geschrieben. Ich wusste nur, dass sie nach ihrer Scheidung ins Rheinland gezogen war. Wir haben auch nie über sie gesprochen. Am nächsten Tag klingelte das Telefon. Es war die Schwester von Ilse, die ich auch seit 30 Jahren nicht mehr gesehen hatte.

„Ja, sie ist in der letzten Nacht verstorben, sie erlag ihrem Krebs."

In meinem Kopf drehte sich alles. Warum meldeten sich die Leute vorher bei mir ab und verabschiedeten sich auf ihre Art und Weise? Klaus ahnte, welche Gedanken mich beschäftigten, aber er ließ mich in Ruhe. Ich wollte mit irgendjemandem darüber sprechen, aber ich wusste nicht, mit wem. Man würde nur darüber lachen. Dann fiel mir unser Pastor ein, der hier in der Nähe wohnte. Ich ließ mir einen Termin geben und kurz darauf marschierte ich los. Ich genoss die Herbstsonne und wollte einen klaren Kopf bekommen.

Als ich bei ihm eintraf, arbeitete er im Garten, er harkte gerade Laub. Er bat mich auch nicht ins Haus, sondern er harkte weiter.

„Na, wo brennt's denn?" fragte er.

Ich erzählte ihm meine Erlebnisse erst das mit der Tante und dann das mit der Patentante Ilse. Er stellte die Harke zur Seite, war blass geworden und sagte: „Da kann ich nur sagen, Sie haben einen direkten Weg nach oben!"

Er zeigte mit der Hand zum Himmel. Das war's! Kein intensives Gespräch, nichts kam mehr von ihm. Zuerst habe ich mich aufgeregt, dass von einem Pastor nicht mehr rüber kam, aber Paul beruhigte mich und sagte: „Er hat doch aber recht." Nun gut, dachte ich, vergiss' einfach, was da vorgefallen ist.

Kapitel 8

Monate vergingen, die beiden Mädchen wurden immer selbstständiger und Lisa fing eine Lehre im Restaurant als Restaurantfachfrau an. Wir waren sehr stolz auf sie. Dann, als ich Geburtstag hatte, schenkte sie mir ein Steinbuch. Das war ja mal etwas ganz anderes. Ich las gleich am nächsten Tag darin und konnte gar nicht genug davon bekommen.

Jedes Mal, wenn ich in die Stadt zum Einkaufen fuhr, habe ich mir ein Edelsteinbuch gekauft. Ich interessierte mich wahnsinnig für diese Heilkräfte, ob sie körperlich oder seelisch wirken. Dann dauerte es auch nicht lange und ich besorgte mir Heilsteine und Heilsteinschmuck. Ich musste aufpassen, dass ich nicht süchtig danach wurde. Ich probierte alle Steine aus und sie wurden sehr heiß auf meiner Haut und auch in meinen Händen. Ich merkte auch oft ein heftiges Kribbeln in Händen und Füßen.

Mir kam die Idee, die Steine auch zur Behandlung zu benutzen, denn wenn es mir gut tat, würde es den Patienten auch gut tun. Gesagt, getan, ich bekam immer mehr Leute, die sich auch mit Steinen behandeln ließen.

Lisa und Elena verstanden sich sehr gut und dann wurde ich zufällig Zeugin eines Gespräches. Es ging darum, dass ein anderes Lehrmädchen, das mit Lisa zusammen arbeitete, sich freute, dass ihr Opa endlich verstorben sei. Ich räusperte mich und ging zu ihnen, denn ich wollte noch mehr wissen. Lisa erzählte, dass ihre Kollegin von ihrem Opa sexuell belästigt worden war und sich nicht wehren konnte, da er sonst gewalttätig wurde. Das Lehrmädchen Irmi durfte auch mit niemandem darüber sprechen.

„Aber nun ist ja alles vorbei“, sagte Lisa.

„Ja“, sagte ich, „aber ich finde, sie müsste unbedingt einen Psychiater aufsuchen, denn sie braucht jetzt Hilfe.“

Paul meldete sich: „Rosalie, was immer Du vor hast, misch' Dich nicht wieder ein, es wird sich nun alles zum Guten wenden."

„Paul, ich weiß nicht, ob ich es versprechen kann, dieses Mädchen braucht doch Hilfe!"

Nun gut, ich hielt mich dieses Mal wirklich raus. Doch ich hörte von Lisa, die nun schon mal mit Freunden ausging, dass Irmi sich immer mehr verschloss und in sich kehrte, geschweige denn von Jungs etwas wissen wollte. Ich ahnte, dass dies der Anfang war und dass es im Alter wohl noch schlimmer werden würde.

Ich überlegte, ob ich mal mit Irmis Mutter reden sollte.

„Nein", sagte Paul, „das geht nicht gut!"

Mir fiel es schwer, diese Sache zu vergessen. Ich stürzte mich in meine Arbeit und kam auf andere Gedanken. Es kamen sehr viele Kranke und ich war mit Leib und Seele dabei. Endlich hatte ich mein Ding, meine Aufgabe gefunden! Ich musste aufpassen, dass meine Familie nicht zu kurz kam, aber ich gab mir Mühe, es jedem recht zu machen.

Allerdings musste ich auch aufpassen, dass es mir selbst nicht wieder alles zu viel wurde. Viele Leute haben auch gefragt, wie ich dies alles schaffe, Beruf, Familie und Selbstständigkeit unter einen Hut zu bringen. Es ging und ich fühlte mich gut dabei, als Heilerin, als Ehefrau und Mutter. Paul meldete sich nicht mehr so oft und ich hatte das Bedürfnis, mich mal ausgiebig mit Paul zu unterhalten. Als ich ihn rief, war er auch sofort zur Stelle.

„Paul“, sagte ich, „ich glaube es ist Zeit, mich bei Dir mal für alles zu bedanken. Wie lange wirst Du noch in meinem Körper wohnen?“

„Wieso, willst Du mich loswerden?“ fragte er.

„Oh nein“, sagte ich, „ich habe nur Angst, wenn Du nicht mehr da bist, dass alles aus ist.“

„Nein“, sagte er, „ich muss noch lange bleiben und Dir helfen, denn es kommt noch viel harte Arbeit auf Dich zu, nicht nur körperlich, sondern vor allem geistig.“

Ich stellte keine Fragen mehr, ich wollte mich überraschen lassen. Es sollte auch gar nicht mehr lange dauern.

Es wurde ein Ehepaar von meinem Hausarzt zu mir geschickt. Die Eheleute waren ganz verzweifelt, denn der Mann hatte Bauspeicheldrüsenkrebs. Der Hausarzt ging in Urlaub und ich sollte mein Möglichstes tun und sie betreuen. Dem Mann ging es gar nicht gut, er hatte Schmerzen in der Magengegend und im Krankenhaus konnten sie auch nichts weiter machen. Ich redete beruhigend auf ihn ein und legte meine Hand auf. Ich besprach den Krebs und sagte leise, er solle doch verschwinden. Ich behandelte den ganzen Körper des Mannes. Seine Frau saß daneben und beobachtete alles.

Drei Tage später kamen sie wieder. Es ging dem Patienten schon etwas besser, so dass er auch essen konnte. Nur das sollte nicht lange anhalten. Nach drei Ganzbehandlungen war ich verzweifelt und wollte schon aufgeben, da meldete Paul sich zur Stelle.

„Nein", sagte Paul, „nicht aufgeben! Du wirst den Leuten vorschlagen, eine OP vornehmen und den Krebs entfernen zu lassen."

„Was", fragte ich, „was soll ich machen?"

„Natürlich nur eine geistige OP. Du wirst mit dem dritten Auge und allen Kräften, die Du besitzt, die Operation durchführen!"

Gut, ich bestellte die Eheleute drei Tage später und erzählte ihnen von meinem Vorhaben. Sie kamen pünktlich und es musste mucksmäuschenstill sein. Nichts durfte sich bewegen. Telefon und Klingel hatte ich abgestellt. Im Geiste ging ich in seinen Körper, ich sah die Bauchspeicheldrüse, die total entzündet war und sah auch den walnussgroßen Tumor. Im Geiste nahm ich mein Werkzeug und schnitt ihm diesen Tumor heraus! Ich desinfizierte alles und tupfte es mit Mullbinden und Tupfer ab. Dann bemerkte ich, dass mir der Schweiß vom Kopf lief. Ich öffnete die Augen und sah, dass mein Patient richtig fest schlief. Vorsichtig machte ich ihn wach und fragte, wie er sich fühle. Ihm ging es gut und er fühlte sich ganz leicht. Ich ging meine Hände waschen, denn ich hatte das Gefühl, dass meine Hände mit Blut beklebt waren.

Ich bestellte das Ehepaar zwei Tage später wieder zu mir. Noch an dem OP-Tag habe ich die anderen Patienten abbestellt. Meine Kraft für diesen Tag war aufgebraucht. Paul hatte Recht, ich brauchte meine ganze Kraft!

Als die Eheleute wiederkamen, waren sie ganz zufrieden und der Mann war von seinen Schmerzen befreit. Sie erzählten, dass sie in drei Tagen zur großen Untersuchung müssten und hofften, dass der Krebs nun weg sei.

„Ja", sagte ich, „das hoffe ich auch."

Eine Woche später rief mich mein Hausarzt an, was ich mit dem Krebspatienten angestellt hätte, man habe bei ihm nichts mehr feststellen können und die Blutwerte wären auch sehr gut! Ich schrie vor Freude auf und rief auch gleich nach Paul.

„Paul", sagte ich, „das habe ich nur Dir zu verdanken. Mach' weiter so."

Nach zwei Monaten rief die Frau an und erzählte, dass ihr Mann wieder arbeiten wolle und sie hat sich noch tausend Mal bei mir bedankt. Ja, das war wirklich ein Erfolgserlebnis. Danach ging es Schlag auf Schlag weiter. Es kamen Krebspatienten von nah und fern. Nur leider konnte ich nicht immer helfen. Die Patienten fühlten sich hinterher immer sehr wohl und leicht, aber wenn der Krebs gestreut hat, ist die Chance gleich null.

Ich habe innerhalb von drei Monaten von 20 Patienten 3 völlig gesund gemacht. Natürlich waren sie auch unter ärztlicher Aufsicht. Aber die letzte Hoffnung haben alle bei mir gesucht, da die schulmedizinischen Möglichkeiten schon ausgeschöpft waren. Auch war es für mich wichtig, dass diese Krebspatienten eine positive Einstellung hatten und in der Hoffnung auf Heilung lebten. Paul sagte, die Leute, die es dann doch nicht schafften, wolle der liebe Gott zu sich holen, damit sie sich nicht länger quälen müssten. Das klang einleuchtend.

Kapitel 9

So vergingen Tage und Monate und ich hatte alle Hände voll zu tun. Klaus kümmerte sich rührend um alles was anfiel und machte so gut es ging auch für mich Besorgungen. Dann hatten wir ein Fest in der Schützenhalle, es war Schützenfest und da wir die Bewirtung machten, musste ich auch „dran glauben" und mithelfen. Dummerweise bin ich dann mit dem linken Fuß umgeknickt, so dass er gleich dick anschwoll und sehr schmerzte. Ich musste zum Arzt.

„Ja, der Fuß ist angebrochen und nun wird das Schützenfest auch ohne ihre Person stattfinden."

Oh nein, dachte ich, was nun? In meiner Verzweiflung rief ich nach Paul.

„Warum kannst Du mir nicht helfen?" fragte ich.

„Ja", sagte er, „es ist eben so, wer nicht hören kann, muss fühlen."

„Aber warum?" fragte ich nochmal.

„Du hörst nicht auf Deinen Körper, wenn Du Ruhe brauchst und nun kommst Du gezwungenermaßen zur Ruhe."

Gut, ich musste es so hinnehmen. Nach vier Wochen Gips ging es wieder aufwärts. Obwohl ich immer noch Schmerzen hatte, arbeitete ich rund um die Uhr. Ja und das hatte natürlich Folgen. Nach einem Jahr hatte sich Arthrose im Fuß gebildet, ich konnte keine vernünftigen Schuhe tragen und die Schmerzen wurden immer schlimmer.

„Du gehst jetzt aber mal zu einem Facharzt", sagte Klaus.

Ja, es konnte wirklich nicht mehr so weitergehen. Nachts hatte ich Albträume und träumte schon, dass man mir den Fuß abnahm, so wie bei Oma. Dann, eines nachts, stand eine große Gestalt neben meinem Bett. Sie sagte, ich solle mich nicht fürchten, sie wolle mir nur helfen. Die Gestalt sagte, sie wäre der Erzengel Raffael, der Engel, der für die Gesundheit stehe. Wenn ich Hilfe bräuchte, solle ich nach ihm rufen.

Ich machte das Licht an und guckte starr an die Wand. Was hatte das schon wieder zu bedeuten? Aber diese Erfahrung sollte ich schon bald machen. Ich rief nach Raffael, nicht nur meinetwegen, nein, ich bat ihn auch um Hilfe, wenn ich Patienten mit starken Schmerzen hatte, wie z. B. bei Rheuma. Er kam und ich verspürte jedes Mal einen kalten Hauch um mich herum. Ich wusste, dass er dann da war und er half tatsächlich. Den Leuten wurden die Schmerzen genommen und sie waren nach der Behandlung „gut drauf“.

Ich weiß bis heute noch nicht, ob ich es ohne seine Hilfe so schnell und gut geschafft hätte. Ja, ich rief nun nicht mehr so oft nach Paul, Raffael war jetzt mein Partner. Ich machte mir jetzt nicht mehr so viele Gedanken, wieso und warum ich mit Erzengeln und Seelenpartnern reden konnte. Ich bin eben anders als andere Menschen, ich habe eine besondere Gabe, worauf ich stolz sein kann.

Schnell sprach es sich herum, dass ich Besprechen kann und meine Energie musste man am eigenen Körper erlebt haben. Die Hitze (Energie), die ich „rüberbrachte“, sollte einige Menschen zum

Staunen bringen. Ja und meine Hände waren mein Werkzeug, die heilenden Hände, aus denen die Energie heraus strömte, sie möchte ich nicht mehr missen. Es sollte immer so bleiben. Am meisten freute es mich natürlich, dass ich auch meiner Familie gut helfen konnte.

Ja, dazu kommen noch meine Halb-Edelsteine als Heilsteine, als Schmuck und auch als Handschmeichler. Ich gab immer mehr Geld dafür aus, diese Steine faszinierten mich. Überhaupt war ich sehr wissbegierig, wollte immer mehr dazulernen, machte Akupunktur-Massage, Fußreflexzonen-Behandlung, machte meinen Reiki-Meistergrad und schließlich den Lehrer. Mein Klaus und meine Familie waren sehr stolz auf mich.

Es dauert auch nicht lange und es kamen schon die ersten Personen und ließen sich im Reiki zum 1. Grad oder 2. Grad, ja sogar zum Meister ausbilden. Ich ging in meinem zweiten Beruf, den ich nun zu meinem ersten Beruf gemacht hatte, richtig auf. Ich blühte auf wie eine Rose und mich konnte nichts klein kriegen.

Lisa interessierte sich auch für die Sachen, die ich machte, und ich merkte auch, dass sie eine sehr hohe Energie hat. Sie machte auch die Grade bis zum Meister. Nur leider konnte sie diese nicht beruflich nutzen, sondern nur als Hobby ausüben. Lisa war inzwischen auch wieder in unsere alte Heimat gezogen, da sie dort einen guten Job bekommen hatte. Sie hat auch schnell nette Freunde gefunden und ich war beruhigt, da unsere Verwandten auch dort in der Nähe wohnten.

Elena dagegen stand meinen Behandlungsmethoden sehr skeptisch gegenüber, sie bewunderte mich zwar und ich half ihr auch einige Male, aber sie glaubte nur an das, was sie sah und anfassen konnte. Elenas Freundin hatte inzwischen gemerkt, dass sie es mit keinem Mann bzw. Freund aushielt. Sobald ein netter Mann ihr „an die Wäsche" oder sogar ins Bett mit ihr wollte, machte sie einen Rückzieher und gab dem Mann den Laufpass.

Ich dachte mir meinen Teil, doch ich behielt es für mich, denn normalerweise hätte sie gleich zur Therapie gehen müssen, nachdem ihr Opa sie unsittlich angefasst hatte. Ja, wer weiß, was er noch alles gemacht hatte. Ich beschloss mit der Mutter zu reden und so tat ich es auch. Aber was mir da zu Ohren kam, konnte ich nicht glauben. Die Mutter von Elenas Freundin wusste über alles Bescheid. Nur, sie wurde von ihrem eigenen Vater erpresst, sie solle schweigen, sie bekam gutes Geld dafür. Sie bat mich auf Knien, es niemandem zu erzählen, erst recht nicht ihrer und meiner Tochter. Gut, ich musste es ihr versprechen, aber wie konnte sie mit diesem Gewissen leben?

Paul meldete sich wieder zur Stelle: „Bitte Rosalie, treibe es nicht auf die Spitze."

Er sagte, ich solle mich verabschieden. Nein, dachte ich, man muss doch eine Lösung finden. Ich schlug vor, sie solle es bei der Tochter wieder gutmachen, indem sie einen Therapeuten aufsucht. Ja, sie hat es mir in die Hand versprochen.

„Paul", sagte ich, „Du weißt, ich hör' sonst immer auf Dich, aber dieses musste noch sein, aber trotzdem, danke für alles."

Nach einiger Zeit riefen bei mir Vereine an, die Landfrauen, die Volkshochschule und andere, ob ich auch Referate hielte. Ja und ob, sagte ich. Es war eine tolle Sache, endlich konnte ich mein Wissen auch nach außen präsentieren.

Das erste Mal hatte ich mir Stichworte aufgeschrieben und hatte auch etwas Lampenfieber. Doch es verlief alles ganz ruhig und locker. Den Zettel mit den Stichworten brauchte ich nicht, denn die Leute haben viele Fragen gestellt und waren sehr interessiert.

Eines Tages rief eine bekannte Heilpraktikerin an. Sie wohnte 20 km von uns entfernt und wollte, dass ich ihr Unterricht in Reiki und in Steinkunde gebe. Ja, dieses Wissen war ihr sehr wichtig, da sie viele Patienten hatte, die gerne mit Steinen behandelt werden wollten. Sie kam jeden Mittwochnachmittag und wir waren uns gleich sympathisch und duzten uns.

Das vierte Mal, als sie bei mir war, erzählte sie von sich und ihrer Familie. Sie hatte einen kranken Mann mit Demenz zu Hause, hatte Mutter und

Schwiegermutter zur Pflege und der Sohn lag in Amerika im Krankenhaus mit schwarzem Hautkrebs.

„Mein Gott“, sagte ich, „und wie schaffst Du das alles?“

„Ja, ich habe natürlich Hilfe, aber ich selber stehe oft daneben.“

Wir besuchten uns gegenseitig, aber ihrer Familie konnte ich nicht wirklich helfen. Eines Tages rief sie an, sie könne nicht kommen, sie, Vanessa, habe wieder Angstzustände, die sie mir verheimlicht hatte. Sie hatte des Öfteren damit zu tun, aber dieses Mal hatten die Zustände länger angehalten. Sie wollte auch nicht, dass ich komme, sie wollte niemanden sehen.

Paul sagte: „Was sollen wir da machen? Versuchen wir es mit Fernheilung.“

Gesagt, getan. Am nächsten Tag rief ich in Vanessas Praxis an. Aber es kam nur eine Computerstimme, dass die Praxis auf unbestimmte Zeit geschlossen bleibe. Ich machte mir Sorgen und fuhr zu ihr nach Hause. Es war niemand da. Dann habe ich im Nachbarhaus nachgefragt. Man sagte mir, dass die beiden Alten im Krankenhaus wären und der Mann von Vanessa im Altenheim, Vanessa war über den Tod ihres Sohnes nicht hinweg gekommen, sie drehte durch und kam in die Nervenklinik.

Ich war sprachlos. Also hatte niemand ihrem Sohn in Amerika helfen können. Am Abend erzählte ich Klaus davon und fragte, ob ich Vanessa in der Klinik besuchen solle.

„Ja, wenn Du es für richtig hältst, dann mach' es."

In der Nacht, als wir im Bett waren, schlief ich sehr unruhig. Es war wieder diese Unruhe in mir, wie sonst, wenn irgendetwas Schlimmes passiert war. Dann wurde es hell am Fenster, ich dachte ich träume und rieb mir die Augen. Nein, ich hatte nicht geträumt, es waren wieder die drei Feuerbälle am Fenster, die sich dieses Mal sehr lange dort aufhielten.

Ich rief Paul. Ich hatte Angst. Paul antwortete mir:

„Sei tapfer", sagte er, „Vanessa hat sich verabschiedet."

„Nein!" schrie ich, so dass mein Klaus wach wurde.

Ich erzählte ihm von meiner Vorahnung und er versuchte mich zu trösten. Am nächsten Tag habe ich am Morgen alle Termine abgesagt und fuhr zur Klinik zu Vanessa. Paul sollte Recht behalten: Vanessa hatte eine Überdosis Tabletten genommen und nicht überlebt. Aber wo hatte sie die vielen Tabletten her? Ja, sie musste sie wohl mit in die Klinik gebracht haben.

Ich war entsetzt, schon wieder hatte ich einen lieben Menschen verloren. Warum ist es im Leben manchmal so ungerecht?

„Ja", sagte Paul, „das entscheidet das Hohe Gericht, der Kosmos."

Kapitel 10

Ich bin auf der Rückfahrt in unsere nächste Kleinstadt gefahren und habe „kräftig zugeschlagen“. Zuerst habe ich mir Steine und Steinschmuck gekauft, dann einiges an Bekleidung, zum Schluss habe ich in einem Reisebüro Urlaub gebucht. Wann haben wir zuletzt Urlaub gemacht, fragte ich mich. Soweit konnte ich gar nicht mehr zurückdenken. Noch am selben Abend buchte ich eine Ferienwohnung im Harz, nur für Klaus und mich und natürlich auch für unsere Hündin.

Die Tage vergingen sehr schnell und zwei Tage vor unserem Urlaub träumte ich seit langer Zeit wieder etwas sehr Schönes. Ich sah allerdings statt des Schnees viel Wasser und weißen Strand. Ich lief im Traum den Strand entlang und sah direkt am Wasser eine kleine Holzhütte. Draußen auf dem Schild stand: „Frau Beckmanns Mineralien“. Ich öffnete die schwere Holztür und traute meinen Augen nicht. Auf dem Verkaufstresen links und rechts stand jeweils ein riesengroßer Opalstein, wunder, wunderschön anzusehen.

In der kleinen Hütte gab es außerdem viele andere wunderschöne Edelsteine. Und nach einem Augenblick des Türklingelns erschien eine kleine alte Frau und fragte, ob sie mir helfen könne, aber ich stand nur da und bekam kein Wort heraus. Ich musste einfach nur staunen. Dann wurde ich wach. Lange Zeit sah ich noch die vielen bunten Edelsteine vor mir. Dann kam endlich unser Urlaubstag. Wir fuhren ohne Pause und dann kam das Ortsschild „Hahnenklee". Wir suchten unsere Straße und fanden sie auch sehr schnell.

Bevor wir abbogen, traute ich meinen Augen nicht. Da stand diese Holzhütte, wie ich sie im Traum gesehen hatte, auch mit einem Schild „Edelstein- und Mineralienverkauf". Mir wurde schwindelig vor Glück. Wir hielten dann vor einem Holzhaus, in dem unsere Ferienwohnung war. Wir wohnten im sechsten Stock, doch bevor wir auspackten, hatte ich die Ausrede, mit dem Hund Gassi gehen zu wollen. Natürlich steuerte ich gleich die

Holzhütte an und hatte auch Glück, die Tür war offen.

Irgendwie wusste ich schon, was mich erwarten würde, ja tatsächlich, wie in meinem Traum war da links und rechts auf dem Tresen je ein wunderschöner großer Opal. Auch sonst war alles wie im Traum, es dauerte etwas länger, bis sich die Tür hinter dem Tresen öffnete. Es kam tatsächlich eine sehr alte Frau zum Vorschein und fragte, ob sie helfen könne. Ich sagte, es sei alles so schön hier, so dass man sich gar nicht entscheiden könne. Sie war mir etwas unheimlich, da sie mir auf einmal starr in die Augen schaute, und nach einem Augenblick sagte sie:

„Sie brauchen eigentlich zwei Steine, einen, der sie beschützt und einen gegen Erschöpfung."

Ich machte vor Erstaunen meinen Mund auf, dann sagte ich:

„Frau Beckmann, Sie haben recht."

Die alte Frau, die sich mit „Baecken" vorstellte, mit „ae", wie sie extra betonte, schaute mich kurz an und drückte mir einen Citrinstein in die Hand. Er solle mir Glück bringen und ziehe Wohlstand an. Als Schutzstein gab sie mir einen Schneeflockenobsidan und für die Liebe und Treue einen Rosenquarz. Ich fragte die alte Frau, ob sie mir die Steine nicht als Kette verkaufen könne.

„Ja, kommen Sie in drei Tagen wieder, dann ziehe ich Ihnen diese Steine als Kette auf."

„Ja, danke", sagte ich. Aber ich konnte mich nicht satt sehen an den ganzen schönen Sachen und Steinen, die sie zu verkaufen hatte. Dann konnte ich nicht anders und musste ihr meinen Traum erzählen.

„Ja", sagte die alte Frau, „so etwas gibt es", und sie schaute mich mit großer Bewunderung an.

Sie erzählte mir auch von ihrem Mann, dass er schon seit einiger Zeit eine Gürtelrose habe und es ihm immer schlechter gehe. Oh, ich wollte gerade herausplatzen, dass ich so etwas besprechen könne, aber da meldete sich auch schon Paul.

„Nun bleib' mal auf dem Teppich. Du bist hier um Abstand zu bekommen und um Dich zu erholen!"

Also hielt ich meinen Mund. Ich schaute auf die Uhr und erschrak, dass es schon so spät war. Schnell verabschiedete ich mich und versprach, dass ich in 3 Tagen wieder da wäre. Als ich wieder zurück in unsere Ferienwohnung kam, hatte mein Klaus schon alles ausgeladen und auch schon Kaffee gekocht.

„Du hast wohl schon die Gegend ausgekundschaftet", sagte er.

Ja, da habe ich ihm alles erzählt, angefangen von meinem Traum und was ich eben alles gesehen hatte. Er war sehr interessiert und da er schließlich auch schon mal mit Steinen gearbeitet hatte, wollte er mich das nächste Mal begleiten. Wir wohnten im 6. Stock oben auf einem Berg und hatten einen supertollen Ausblick auf den Ort und auch auf das Waldgebiet um uns herum. Der Balkon hätte gerne etwas größer sein können, aber da es schon Herbst war, konnte man eh nicht mehr draußen frühstücken.

Dann war nur die Frage, wer geht mit unserem Hund vor die Tür, wenn er muss? Gut, wir einigten uns, dass wir immer im Wechsel mit ihm Gassi gingen. Es kam der Abend und zu später Stunde, so etwa um 22 Uhr, ging ich freiwillig mit unserer Hündin raus. Aber da um die Ferienhäuser herum erst Parkplätze waren, musste man weiter bis zum Waldrand gehen. Dort waren keine Straßenlaternen und ich hörte Äste und Zweige knacken. Vor Angst blieb mir fast das Herz stehen. Auf einmal hörte ich hinter mir Stimmen. Ich schaute mich um und sah ein älteres Ehepaar ganz in Schwarz gekleidet, das gerade seinen Dackel ausführte. Mir fiel ein Stein vom Herzen.

Ich wollte gerade ein Gespräch mit ihnen anfangen, da gingen sie auf die andere Straßenseite hinüber und ehe ich mich versah, waren sie verschwunden. Gut, ich bin mit unserem Hund wieder heimgegangen. Am nächsten Morgen ging Klaus mit ihm Gassi und besorgte dabei frische Brötchen. Auch später am Abend ging er mit unserer Hündin raus. Am nächsten Abend war ich wieder dran und ich musste wieder bis zum Waldrand mit ihr laufen.

Auf einmal tauchte dieses Ehepaar wieder auf, wieder gingen die Beiden mir aus dem Weg und waren so schnell verschwunden, wie sie gekommen waren. Die nächsten beiden Abende ist Klaus mit dem Hund Gassi gegangen, aber er sah kein Pärchen mit einem Dackel. Am vorletzten Abend vor der Abreise lief ich wieder mit unserer Hündin. Wieder sah ich dieses Ehepaar in Schwarz gekleidet. Ich nahm mir vor, die Beiden im Auge zu behalten, um darauf zu achten, wo sie wohl hingingen. Dann plötzlich tauchte ein Hase vor uns auf und ich hatte die Last, unseren Hund festzuhalten, und schon war das Ehepaar wieder verschwunden.

Am letzten Urlaubstag haben wir die Herbstsonne genossen und einen ausgiebigen Spaziergang gemacht, wir waren auch in dem Steinladen. Ich holte meine wunderschöne Kette ab und ich kaufte mir zusätzlich noch ein Buch über Schutzengel. Noch am selben Abend las ich in dem Buch und eine Stelle musste ich mehrmals lesen. Dort stand, wenn ein Mensch, der hellsichtige Fähigkeiten besitzt, Angst hat, so kommen Schutzengel (die fast immer schwarz gekleidet sind) um diesen Menschen zu beschützen!

Sie werden aber auch nur von dieser Person gesehen. Deshalb konnte Klaus ihnen auch nicht begegnet sein.

Mir wurde so einiges klar. Ich rief nach Paul, meiner inneren Stimme, und fragte, ob das stimme oder ob das Hirngespinste seien.

„Nein“, sagte Paul, „das stimmt!“

Kapitel 11

Wieder zu Hause angekommen habe ich sofort Termine für Reiki-Behandlungen gegeben. Der Anrufbeantworter war voll.

„Oh Paul", sagte ich, „ist das nicht toll, dass wir so gefragt sind?"

Aber bevor ich wieder anfing, habe ich meine beiden Töchter eingeladen und wir haben einen schönen Shoppingtag gemacht. Wir hatten viel Spaß und mussten viel lachen und nahmen uns daher vor, dies wenigstens einmal im Monat zu wiederholen. Allerdings hat Elena uns gestanden, dass sie mit ihrem Freund Schluss gemacht hatte und sagte, sie habe Schuldgefühle und fühle sich schlecht, obwohl sie ja nichts verbrochen habe.

Ja, da musste ich wieder einspringen und sie aufklären. Ich sagte:

„Wenn Du Dich schuldig fühlst, hast Du eine negative Einstellung zu Dir selbst. Auch Beklagen ist ein Zeichen für Schuldgefühle. Es ist ein Teufelskreis, der Dich krank macht. Bitte mach Dich selber nicht nieder. Denke einfach, Du hast etwas Besseres verdient!“

„Ja“, sagte sie, „Du hast recht.“

Einige Tage später las ich in einer Zeitung etwas über die Aura und dass in nächster Zeit ein Heiler aus Indien in Bremen einen Kurs anbiete, wie man die Aura erkennen und deuten kann. Wie gesagt, ich war zu der Zeit sehr wissbegierig und wollte am liebsten alles lernen, was das Wohl des Menschen anging, auch wenn es um Esoterik ging.

14 Tage später nahm ich an diesem Lehrgang teil, obwohl es auch ein Heidengeld war für diesen Wochenendkurs. Was uns da (wir waren ungefähr zehn Teilnehmer) von einem Dolmetscher erzählt wurde, war für die Katz. Im Grunde wiederholte er sich immer wieder. Außerdem war es für mich in keiner Weise lehrreich, da ich das alles schon wusste und die Aura bei einem Menschen schon immer sehen konnte. Natürlich musste ich mich dabei stark konzentrieren. Doch ich denke, so etwas muss angeboren sein, so etwas kann man nicht lernen. Entweder man kann's oder man kann es nicht. Basta!

Ich war enttäuscht und wütend, dass dieser angebliche Heiler hier in Deutschland das große Geld machen wollte. Sicher gibt es gute Heiler in Indien und ich halte auch viel von Ayurveda-Behandlungen, aber es muss dann auch „Hand und Fuß haben".

Zwei Wochen später habe ich dann einen Kurs darüber angefangen, wie man die Verbindungspunkte der Meridiane im Körper aktivieren kann. Dieses nannte sich „Akupunkt-Massage nach Penzel". Penzel ist der Name des Herrn, der diese Technik erfunden hat. Es ist praktisch ein Schieben und Aktivieren der Verbindungspunkte, die man allerdings auch gut kennen muss. Es machte mir Spaß und ich konnte gut damit umgehen.

Eines Tages kam ein Anruf einer ehemaligen Nachbarin aus der Lüneburger Heide. Sie klagte sehr, dass sie Brustkrebs habe und unheimliche

Angst davor, dass der Krebs eventuell gestreut haben könnte. Es fing bei ihr alles an, als sich herausstellte, dass ihr Mann an Demenz leidet. Er aß nicht mehr zu Hause, da er behauptete, dass seine Frau ihm Gift unters Essen mischen würde. Es hörte sich alles ganz schrecklich an. Ja, man kann sagen, durch die Krankheit ihres Mannes ist auch ihre Seele krank geworden und hat sich als Blockade in ihrer Brust festgesetzt.

Sie wollte wissen, ob ich ihr helfen könne. Elke, so hieß sie, erzählte mir auch nebenbei, dass sie den ersten und zweiten Grad im Reiki habe.

„Na, das ist ja prima", sagte ich, „dann würde ich mich freuen, wenn Du mich für ein paar Tage besuchen kommst und den dritten Grad (den Meistergrad) bei mir machst. Damit öffnen wir das Herzchakra und Du wirst sehen, wir werden den Krebs besiegen."

Elke war außer sich vor Freude und sie wollte auch gleich in der nächsten Woche kommen. Ich musste einige Termine absagen, damit ich mir für Elke genügend Zeit nehmen konnte. Ich lehrte sie den Meistergrad und gab ihr drei „Einweihungen“. Sie lernte zu meditieren, um mehr in sich gehen zu können und sie sah auch das große Licht, das in ihr Herz drang.

Paul unterstützte mich in vielen Lagen, worüber ich sehr froh war. Wir fanden auch eine Lösung für Elkes Mann, der sowieso schon zu den Mahlzeiten bei der Mutter aß, dann sollte er auch ganz dort hinziehen. Noch am selben Tag haben wir das in Angriff genommen und bei Ellen, Elkes Schwiegermutter, angerufen. Sie wollte ihrem Sohn selbstverständlich helfen, womit sie Elke natürlich auch half. Elke war so froh über diese Lösung und bedankte sich tausendmal. Ich war auch froh und fühlte es praktisch, dass ihr ganzer Körper und ihre Seele gesund werden würden! Wir blieben telefonisch in Verbindung. Ihr Mann lebt nun schon seit drei Jahren bei der Mutter und Elke scheint den Krebs tatsächlich besiegt zu haben.

Es verging Jahr um Jahr. Nun war ich schon zehn Jahre lang mit Reiki selbstständig und habe auch einmal im Monat ein Reiki-Treffen veranstaltet. Wir waren zwischen 8 und 13 Frauen und tauschten uns untereinander über Reiki aus, also ein Energieaustausch, und plauderten miteinander, tranken Tee und haben einen Kreis gebildet, in dem wir dann Fernheilungen verschickten. Manchmal war es ein Mensch oder auch ein Tier, von dem wir wussten, dass derjenige oder dasjenige es nötig hatte. Wir waren eine nette Gruppe und dann hat eine nach der anderen einen Reikigrad bei mir gemacht.

In der Zeitung las ich dann, dass es eine Person gebe, die mehr sehen konnte als normale Menschen. Die Frau machte Augendiagnose ohne Gerät und konnte dadurch angeblich sehen, was mit dem Körper los ist. Sie wohnte ungefähr 30 km entfernt. Oh, dachte ich, dort werde ich mal anrufen und sie fragen, ob sie nicht in unserer Reikirunde mitmachen möchte. Das wäre ja bestimmt interessant. Ich rief sie noch am selben Tag an und wir verabredeten uns. Sie sagte, dass sie kein Auto besitze und ich müsse sie abholen und natürlich auch wieder nach Hause bringen. Aber das war mir die Sache wert.

Als ich in den Ort kam, war das Haus nicht schwer zu finden. Es war ein altes Bauernhaus di-

rekt an der Straße. Sie kam auch gleich aus der Haustür und stieg in mein Auto. Ja, sie sah auch aus wie eine Bäuerin, ziemlich schlicht und einfach und mit roten Bäckchen. Unterwegs erzählte sie mir, dass sie ein Naturtalent sei und dieses aus der Familie vererbt bekommen habe. Ja, genau wie ich, dachte ich! Wir redeten dann noch über den Preis für ihre Tätigkeit, so dass sie von uns jeweils 3 Euro pro Teilnehmerin bekam. Ich fand es angemessen, zudem ich sie ja schließlich kostenlos abgeholt hatte und wieder nach Hause brachte.

14 Frauen warteten schon auf uns und es ging auch gleich los. Die erste Sitzung dauerte 20 Minuten, aber was war das? Evi, so hieß eine aus unserem „Club", kam heulend heraus. Die Heilerin, wie sie sich ausgab, hatte zu Evi gesagt, sie habe eine Besetzung. (Besetzung heißt, sie ist von einer toten Seele besessen.) Ich konnte es zwar nicht glauben, da Evi sich auch nicht merkwürdig benahm, sondern eigentlich ganz normal. Paul sagte:

„Geh rüber zu ihr und tröste sie."

Ja, das tat ich dann auch und bevor die nächste Frau zu der Heilerin ins Zimmer ging, schrie ich HALT! Ich stürzte ins Zimmer, riss die Fenster auf und desinfizierte die Wände und Möbel mit Weihrauch-Räucherstäbchen. Ich bekam eine Wut im Bauch und sagte:

„Maria", so hieß die Bäuerin, „wenn Du hier schon Feststellungen machst, dann beseitige das Böse auch von uns. Normalerweise müsstest Du so etwas wissen."

„Ja, natürlich", sagte sie und es klang wie eine Entschuldigung.

Als ich mit dem Räuchern fertig war, kam die Nächste dran. So ging eine nach der anderen in das Zimmer und bei jeder stellte Maria Diagnosen, die „total daneben" waren. In der Zwischenzeit tröstete ich Evi immer noch und ich sagte:

„Wir werden Dir morgen den Geist schon austreiben, wenn da überhaupt einer ist!"

Als alle bei Maria gewesen waren, war es schon 23.45 Uhr. Auf der Heimfahrt wurde nicht viel ge-

redet. Ich hatte die Ausrede, dass ich total müde sei, aber ich hatte auch eine große Wut im Bauch und wusste nicht warum. Das sollte ich am nächsten Morgen schon erfahren. Es rief mich eine Frau aus unserem Reikiclub an. Sie sagte, dass ich ja gar nicht gesagt habe, dass die Maria pro Nase noch 5 Euro nehme, und außerdem, ob ich das überhaupt wisse, dass sie mit ihren Visitenkarten alle Frauen aus unserer Gruppe abwerben wolle. Ich glaube, ich wurde kreidebleich. Meine Wut hatte sich bestätigt.

Ich rief nach Paul. Ja, ich wollte wissen, wie ich mich verhalten sollte. Paul meinte, ich solle sie anrufen und sie zur Rede stellen. Gesagt, getan. Ich ließ Maria gar nicht zu Wort kommen und verlangte, dass sie die 5 Euro extra sofort zurückbezahlen solle. Dann knallte ich den Hörer auf. Ich fühlte mich besser. Aber auch nach Wochen bekamen wir das Geld natürlich nicht zurück. Anrufen und es nochmals einfordern wäre zwecklos, ich wollte mit so einer Betrügerin auch nichts mehr zu tun haben.

Paul meldete sich, ich solle mich nicht mehr aufregen, sondern meine Kräfte und Energie den Kranken widmen.

„Ja, Paul, Du hast recht."

Zwei Tage später rief Evi an, was man bei ihr machen könne, sie glaube nun schon selber dran, dass sie eine Besetzung habe. Ich gab ihr so schnell wie möglich einen Termin, an dem wir die Besetzung hinausjagen konnten. Nach etwa vier Tagen kam Evi. Ich legte - wie immer - zuerst meine Hände auf ihren Kopf. Sie wurden - wie immer - gleich sehr warm. Als ich dann meine Augen schloss, um ganz intensiv auf Evis Körper einzugehen, sah ich Bilder. Das habe ich öfter, wenn ich am Kopf behandle und die Augen schließe. Sie kommen einfach, aber nicht auf Kommando. Ich erschrak. Als ich die Hände auf ihre Brust legte, wurde Evi sehr unruhig und sie weinte und wimmerte. Ich sah eine Frau mit streng zurück gekämmtem Haar, zum Knoten frisiert. Ihr Kopf kreiste um uns herum. Ich nahm die Hände von Evis Körper und sprach einen Spruch, dass dieser Geist verschwinden solle. Evi weinte noch heftiger und wir hörten mit der Therapie auf. Ich musste sie erstmal beruhigen.

„Ja“, sagte ich, „da scheint sich jemand bei Dir sehr wohl zu fühlen. Aber keine Sorge, dieser Geist ist ein guter Geist, der will Dir nichts Böses.“

Ich bat Evi aber noch zweimal zu kommen und beim nächsten Mal sollte sie ihre Mutter mitbringen und ein Fotoalbum mit Familienbildern. Gesagt, getan. Ich klärte Evis Mutter kurz auf und fragte, ob in der Familie jemand in jüngeren Jahren verstorben sei. Sie kramte in ihrer Tasche und holte ein altes Fotoalbum heraus.

„Ja“, sagte sie, „auf der Seite meines Mannes ist die Großmutter mit 40 Jahren tödlich verunglückt. Hier“, sagte sie und zeigte auf ein Foto.

Ich dachte, mich trifft der Schlag. So habe ich sie vor meinen Augen gesehen.

„Ja“, sagte ich, „das ist sie.“

„Ja, wie kommt denn so etwas, dass die Anna, so hieß die Oma, sich in Evis Körper versteckt?“

„Das ist so“, fing ich an, „manche Menschen, die im frühen Alter sterben, wollen ja eigentlich nicht tot sein. Dazu kommt noch, wenn sie sich nicht richtig verabschieden können, kommt ihre Seele nicht zur Ruhe, sie versteckt sich irgendwo im Haus. Tiere, zum Beispiel, reagieren ganz stark darauf. Katzen spüren solche Orte mehr als Hunde und schon machen Katzen ihren Lieblingsplatz daraus. Die tote Seele sucht sich dann einen lebendigen Körper, den sie „tyrannisiert“, und zum Schlafen geht sie wieder auf ihren Platz, meistens in der Wohnung. Evi, ich möchte Dich bitten, Dich nochmals auf die Liege zu legen, vielleicht sehe ich wieder Bilder, die mir sagen, wo die Seele sich aufhält.“

Tatsächlich habe ich einen großen Raum gesehen, der aussah wie eine Diele oder eine Stube mit einem offenen Kamin. Gegenüber vom Kamin war eine rote Sitzecke und gleich daneben eine sehr alte Nähmaschine mit einer Blume darauf und unten saß tatsächlich eine sehr dicke Katze. Ich sagte noch nichts, denn dieses Mal hatte ich Evis Körper gründlich behandelt und gereinigt mit Mistel und Weihrauch. Auf dem Fußboden hatte ich noch eine große Bodenvase mit einem großen Strauß Weißdorn. Früher hat man Weißdornbüsche vor das Schlafzimmerfenster gepflanzt, um die bösen Geister und Hexen zu vertreiben. Als ich mit der Behandlung fertig war erzählte ich, was ich gesehen hatte. Die Mutter und auch Evi waren sprachlos. Es stimmte alles, wie ich es beschrieben hatte.

„Ja, aber was sollen wir jetzt tun?"

Das meiste hatte ich ja schon getan, aber ich erklärte, was noch zu tun war. Als erstes müsse die Nähmaschine weg, der Platz müsse gründlich gereinigt werden und es müssten Schutzzeichen gesetzt werden. Dazu müsste ich zu ihnen nach Hause kommen. Evi solle sich einen Kreuzanhänger um den Hals hängen, welchen sie Tag und Nacht tragen solle. Und was ganz wichtig sei, Evi müsse mit dem Geist reden, ihm gut zureden und nicht laut werden. Sie solle ihm immer wieder sagen, er solle verschwinden.

Ich verabschiedete mich von den Beiden und sie sollten mich anrufen, wenn es etwas Neues gäbe. Danach merkte ich erst, wie kaputt und erschlagen ich war. Ich machte mir sofort ein Entspannungsbad mit Meersalz, auch weil ich vorbeugen wollte, dass der Geist nicht bei mir bliebe. Nach dem Bad nahm ich das weiße Aura-Soma und bestrich meinen Körper mit der „Lotion“. Aura-Soma muss man sich als einen großen weißen Schirm vorstellen, von dem man beschützt wird.

Am nächsten Tag, am frühen Nachmittag, hatte ich noch ein Erlebnis. Die Tür der Stube, in der wir am Abend vorher gewesen waren, war verschlossen. Es gab keinen Schlüssel dafür. Wie sollte sich das einer erklären? Ich ging in die Küche, dort fiel auf einmal die Gardinenstange herunter. Ich stand wie versteinert in dem Raum. Sofort wusste ich, dass der Geist hier in der Wohnung war. Es musste schnell gehandelt werden.

„Paul“, rief ich, „was ist hier los? Bitte komm schnell und hilf mir.“

Paul antwortete: „Ich spreche mit dem Geist, er solle verschwinden. Aber Du musst auch was tun, Rosalie. Räuchere die Räume alle aus und mache alle Fenster ganz weit auf."

Gut, gesagt, getan. Ich habe auch den Schlüsseldienst angerufen und hoffte nun, dass der Geist gehen möge. Hinzu kam ja auch noch, dass es Anfang Januar war und dass wir die Rau-Nächte hatten. Rau-Nächte stammen aus dem Mittelalter und da gibt es verschiedene Bräuche und Sprüche. Zum Beispiel: Man soll keine Wäsche in der Zeit waschen, geschweige denn aufhängen. Es könnte sich sonst in der Familie ein Unglück ereignen. Man soll Fenster und Türen geschlossen halten, da die toten Seelen Ausgang haben.

Aber die Rau-Nächte haben auch etwas Gutes. Zum Beispiel, wenn eine junge Frau einen Bräutigam sucht, muss sie nur einen Mistelzweig über ihren Kopf hinweg werfen und sich diesen Bräutigam ganz fest wünschen.

Im Hintergrund polterte es. Ich musste sofort an den Poltergeist aus dem Fernsehen denken. Dann hörte ich Pauls Stimme.

„So, geschafft", sagte er, „er ist weg!"

Schnell machte ich die Fenster und Türen wieder zu. Danach kam auch schon der Schlosser, der nach dem Türschloss schaute.

„Ja", sagte er, „hier war wohl Durchzug und durch das Türzuschlagen verkantet sich manchmal das Schloss."

„So, so", sagte ich und musste schmunzeln.

Kapitel 12

Die Monate vergingen und es wurde Frühling. Eines Morgens las ich in der Zeitung von einer „Esoterischen Nacht“, die am nächsten Abend stattfinden sollte. Ich fragte meine beiden Töchter, ob sie nicht mitfahren wollen, um sich diese Veranstaltung mit anzusehen. Lisa stimmte zu. Als wir ankamen, war es schon sehr voll und man konnte kaum einen Parkplatz finden. Wir betraten das Lokal und es kam uns ein Hauch von Lemon-Gras entgegen. Der Raum war mit fünf Kartenlegern besetzt, ganz außen saß eine Astrologin, auf die ich gleich zuging. Lisa ließ sich in der Zwischenzeit die Karten legen und zwar mit einem Tarotblatt.

Ich wollte unbedingt wissen, ob ich wirklich nach dem Geburtsdatum und der Geburtsstunde zu dem Sternzeichen „Jungfrau“ gehöre. Die Jungfrauen, die ich nämlich kannte, waren dünn, geizig und zickig. Ich war das Gegenteil. Ich schaute heimlich zu Lisa rüber und musste schmunzeln. Sie war - mit feuerroten Wangen - ganz in ein Gespräch mit der Wahrsagerin vertieft. Ja, nachdem ich meine Daten und meinen Geburtsort gesagt hatte, schaute die Astrologin mich über ihre große Brille an:

„Sie wohnen im 7ten Haus und das bedeutet, Sie sind - nach Adam Riese - eigentlich ein Löwe im Horoskop, Sie stehen nur mit einem Fuß in der Jungfrau."

Nun hatte ich meine Bestätigung.

„Ja, ich sehe noch mehr, Sie sind eine Power-Frau und haben ein besonderes Talent."

Das wusste ich bereits, aber ich schwieg. Zum Schluss sagte sie:

„Es wird bald eine freudige Überraschung auf Sie zukommen."

Na, da war ich ja gespannt. Es war wirklich interessant, da ich sonst immer diejenige war, die erzählte. Leider konnte man immer nur 15 Minuten profitieren, sonst wurden Visitenkarten für Termine für private Beratungen verteilt.

Lisa und ich waren zur gleichen Zeit fertig. Wir tranken erstmal einen Kaffee und tauschten die neuen Ereignisse aus. Nun gingen wir in den nächsten Raum. Dort befanden sich einige Reiki-Meister, die Kostproben mit Handauflegen gaben, Menschen, die Magnetschmuck verkauften, ein Schamane, der Leute, die auf einem Stuhl saßen, behandelte, und der zwischendurch immer trommelte und während der Behandlung seine Hände ins Feuer hielt.

„Komisch", sagte ich, „so etwas brauche ich nicht, meine Hände sind von alleine heiß beim Handauflegen."

Aber trotz alledem kam ich von diesem Stand nicht los, irgendetwas faszinierte mich an diesem Schamanen, obwohl ich dazusagen muss, dass ich nicht an Krafttiere, Ober- und Unterwelt glaube. Ich stellte mich mit in die Reihe und als ich mich auf den Behandlungsstuhl setzen durfte, fragte der Schamane mich, was für Beschwerden ich denn hätte. Ganz schnell sagte ich, ich habe eine Bronchitis. Es war auch nicht gelogen. Der Schamane legte eine Hand auf meinen Kopf, wie ich es auch immer tat, und eine Hand auf meine Brust. Zwischendurch hielt er seine Hände kurz ins Feuer. Zum Abschluss flüsterte er mir ins Ohr, mein Stern würde morgen Abend kommen und mich gesund machen. Gut, ich werde darauf achten, dachte ich und bedankte mich.

Nun kam Lisa dran wegen ihrer Migräne, die in letzter Zeit häufig auftrat. Zum Schluss, dachte ich, müssten wir noch zu der Frau, die oben auf der Bühne saß und angeblich mit Toten eine Verbindung herstellen konnte. Lisa weigerte sich mitzukommen, sie unternahm in der Zeit etwas anderes. Nach einigen Minuten Wartezeit kam ich an die Reihe. Die Frau stellte sich mit „Lieselotte" vor. Ihre Augen musterten mich, dann fragte sie endlich, mit wem ich Kontakt haben möchte.

„Mit meiner Mutter", kam es wie aus einer Pistole geschossen aus meinem Mund. Ich musste ihren Namen und ihren Todestag sagen. Lieselotte streichelte eine schwarze Kugel, die vor uns auf dem Tisch stand, dann schloss sie die Augen und brummelte etwas in sich hinein, was ich nicht verstehen

konnte. Nach einigen Minuten öffnete sie die Augen und sagte:

„Schönen Gruß von Ihrer Mutter, Sie sollen sich keine Sorgen machen, es geht ihr gut. Genießen Sie das Leben. Irgendwann treffen Sie sich wieder."

Das war's. Ich bedankte mich bei Lieselotte. Aber es war so unglaubwürdig. Die Nächste war an der Reihe und ich lauschte noch einen Augenblick, bis ich dann genau das Gleiche hörte, was Lieselotte zu mir gesagt hatte! Also alles Lug und Betrug, dachte ich. Ja, nach langer Zeit meldete sich auch Paul zur Stelle.

„Ja, was dachtest Du denn? Warum versuchst Du es nicht selbst?"

„Ich?" fragte ich Paul, „das kann ich nicht."

„Doch", sagte er „Du kannst das. Wir üben es gleich morgen."

Mein Kopf schwirrte als wären da lauter Bienen drin. Als Lisa und ich nach Hause fuhren, war es bereits 24 Uhr und wir waren schweigsam und müde. Ich dachte an meinen Stern, der ja morgen kommen sollte, und an Paul, der mit mir üben wollte. Zu Hause angekommen war Klaus schon im tiefsten Schlaf und auch ich schlief sofort ein.

Am nächsten Morgen erzählte ich Klaus alles, was wir erlebt hatten, aber das von meiner Mutter erzählte ich nicht. Ich fiel aus allen Wolken, als er mir gestand, er habe in der Nacht von meiner Mutter geträumt. Es gab Zeiten, da hatten wir, Klaus und ich, oft denselben Traum, so etwas nennt man „Seelenverwandtschaft".

Nach dem Frühstück war ich guter Dinge und gut gelaunt. Ich packte Arbeiten an, zu denen ich sonst selten Lust hatte. Paul fragte, ob ich bereit wäre, den Kontakt zu meiner Mutter aufzunehmen.

„Nein", sagte ich, „ich möchte meine Mutter nicht wachrufen, wenn sie in Frieden schläft."

„Ja", sagte Paul, „das ist auch gut so."

Am Abend wollten Klaus und ich es uns richtig gemütlich machen, so mit Kaminfeuer, Wein und Brathähnchen grillen. Ich freute mich darauf, denn es gab wenige freie Abende, an denen wir zusammensitzen konnten.

Wir saßen vor dem Kamin, als ich plötzlich wieder Feuerbälle sah, es waren sehr viele und sehr kleine. Aber statt ängstlich und entsetzt zu sein, bekam ich einen angenehmen Schauer und hatte sogar ein beglückendes Gefühl. Klaus schaute mich an und fragte, ob ich eine Vision habe.

„Ja“, sagte ich, „ich weiß nur noch nicht, was es ist.“

Am nächsten Tag meldete sich Lisa.

„Ich muss Euch was mitteilen. Können wir heute zum Abendessen kommen?“

„Aber ja, natürlich“, sagte ich.

Die Stunden vergingen sehr langsam und ich konnte vor Neugier die Zeit nicht mehr abwarten. Endlich war es soweit. Lisa und ihr Mann setzten sich an den gedeckten Tisch und mein Klaus und ich schauten sie voller Erwartung an.

Lisa sagte: „Wir haben eine freudige Mitteilung für Euch, Ihr werdet Oma und Opa!“

Das war eine Freude, ich umarmte die Beiden und wünschte alles Gute. Wir hatten noch viel zu erzählen und mein Gesicht glühte vor Freude. Jetzt wusste ich auch, dass es Glücksfeuerbälle waren, die ich am Abend vorher gesehen hatte, und bemerkte plötzlich, dass ich auch keine Beschwerden mehr mit den Bronchien hatte. Also musste mein Stern auch dagewesen sein. Die Astrologin hatte recht und der Schamane ebenso.

Die Monate vergingen und ich hatte sehr viel mit Reiki und Besprechen zu tun. Die Zeit der Geburt unseres Enkelkindes war eigentlich da, aber es tat sich noch nichts. Doch in der Nacht des Geburtstermins ging das Telefon, es war Sven, der Mann von Lisa. Er sagte, Lisa habe einen gesunden Jungen zur Welt gebracht. Wir freuten uns riesig. Nur ich war etwas enttäuscht, da ich Lisa gerne die Hand bei der Geburt gehalten hätte. Die Wochen vergingen schnell und ich ging Lisa, wo es nur möglich war, zur Hand.

Nach einem halben Jahr meldete sich Paul wieder. Ich freute mich, denn ich hatte ihn schon ver-

misst. Paul erzählte mir, er müsse mich nun verlassen, da ich jetzt auch ohne seine Hilfe klar käme.

Ich sagte: „Ja, aber wo willst Du denn hin?"

„Es ist ein kleines Wesen: Dein Enkelkind Robert. Ihn werde ich beschützen und immer zur Stelle stehen, wenn er mich braucht."

Da war ich zufrieden und bedankte mich nochmal für alles bei Paul.

Paul – meine innere Stimme und mein Schutzengel!